필사는 느린 글쓰기이고
나를 돌아보는 행복한 명상입니다.

매일 나의 힐링을 위한
Daily Writing
명작동화소설 기초편

일러두기

1. 사후 70년이 되어 저작권이 해제된 작품에는 수록된 도서를 따로 표기하지 않습니다.

2. 국내 소설의 경우 현대 맞춤법이 아닌 발표 당시의 맞춤법을 따랐으며, 해석이 필요한 경우 각주를 달아 이해를 도왔습니다.

3. 각 작품마다 〈생각 팁〉을 두어 작품을 보다 더 이해하고 생각의 폭을 더 넓힐 수 있는 모티브를 제공하였습니다.

4. 세 번째 단계에서는 문장의 기능과 구조 등 문장력을 기르는 방법을, 네 번째 단계에서는 작가의 창작과 관련한 루틴 등 필사에 그치지 않고 문장력을 배양하기 위한 내용을 담았습니다.

My Sweet Handwriting from a Masterpiece Fairy Tale Novel

매일 나의 힐링을 위한
Daily Writing
명작동화소설 기초편

"명작 동화소설이 들려주는 달달한 말, 나의 손글씨로 읽는다.
텍스트힙TextHip 필사노트"

편저 박민호

| 목 차 |

서문 하루 15분의 명문 필사의 힘! 당신의 창조적 뇌를 깨웁니다.   8

필사노트 사용법   11

첫 번째 단계, 동화   13

이솝우화   15
《거북이와 토끼》   16
《여우와 포도》   18
《개미와 베짱이》   20
《사자와 생쥐》   22
《늑대와 어린 양》   24
《북풍과 태양》   26
《뱀과 독수리》   28
《까마귀와 물주전자》   30
《까마귀와 여우》   32
《두 마리 개구리》   34

조지프 제이콥스 동화   36
《아기 돼지 삼형제》   38

그림형제 동화   44
《라푼젤》   46
《신데렐라》   56

디즈니 애니메이션   70
《백설공주와 일곱 난쟁이》   72

안데르센 동화   88
  《미운 오리 새끼》   90
  《인어공주》   96
  《성냥팔이 소녀》   108

두 번째 단계, 소설   116
  염상섭 《표본실의 청개구리》   118
  윤동주 에세이 《달을 쏘다》   120
  현진건 《운수 좋은 날》   130
  김유정 《동백꽃》   136
  《동백꽃》 배경으로 묘사   158
  《동백꽃》 인물로 묘사   160
  《동백꽃》 감정으로 묘사   162
  《동백꽃》 상상으로 묘사   164

세 번째 단계, 문장   166
문장의 기능과 구조   167
  문장력   168
  좋은 문장   170
  문장력의 7가지 요소   174
  문장력 기르는 루틴   182

네 번째 단계, 작가 184

창작 루틴의 13가지 팁 Routine and Tips 186
태도와 마음에 대한 명언 192
작가의 자연과 인간에 대한 질문과 답변 200

편집 후기 216

작가와 작품 소개 217
편저자 후기| 매일 나의 힐링을 위한 필사 노트를 출간하며 222

서문

"하루 15분의 명문 필사의 힘! 당신의 창조적 뇌를 깨웁니다"

요즘 MZ세대[1]들은 글을 읽고 쓰는 문화를 매력적으로 여기고 있습니다. 짧은 영상 콘텐츠인 숏폼Short-form도 인기를 얻고 있습니다. 하지만, 자극적인 영상에 피로감을 느낀 사용자들이 텍스트힙[2] TextHip에 빠져들고 있습니다.

이야기가 담긴 글을 필사하면 기분이 전환되고 마음에 활력이 생깁니다. 명문 필사 루틴Routine은 손과 뇌의 운동이기도 합니다. 더 나아가 창조적 사고를 깨우고, 세상을 변화시키는 원동력이 될 수 있습니다. 예술가들은 모방·습작·창조의 과정을 거치며 성장하고, 문학의 대가들 또한 이러한 과정 속에서 명작을 탄생시켰습니다.

창작의 세계는 크게 문학과 비문학으로 나뉩니다. 표현 방식에 따라 허구와 사실로 구분되며, 문학은 시·동화·소설·수필 등의 형식을, 비문학은 논설문·설명문 등 논리적 글쓰기로 나뉩니다.

이 공책은 두뇌 힐링과 창작 연습을 위한 동화·소설 명문 필사 노트입니다. 명작 동화와 소설을 필사하면서 지혜, 사랑, 갈등을 주제로 한 문장들을 익히고, 문장력을 자연스럽게 키울 수 있도록 구성되었습니다.

동화 편에는 그리스 시대부터 전해 내려오는 동물 우화를 통해 삶의 지혜를 익힐 수 있도록 이솝 우화 10편을 먼저 선정했습니다.

대표적으로 《토끼와 거북이》《개미와 베짱이》《여우와 포도》 등이 수록되어 있으며, 우화 필사는 글쓰기에 대한 부담을 줄이고, 필사를

---

1) 1980년-2010년에 출생한 사람
2) '글자'를 뜻하는 '텍스트'와 '멋있다, 개성 있다'라는 뜻의 은어 '힙하다'를 결합한 신조어로, 독서를 하고 쓰는 것이 멋지다는 의미이다.

쉽게 시작할 수 있도록 도와줍니다. 또한, 손글씨의 아름다움을 재발견할 기회를 제공합니다. 천천히 정성스럽게 필사하면 이야기의 교훈과 지혜를 더욱 깊이 음미할 수 있습니다.

이어서, 아름답고 따뜻한 사랑을 느낄 수 있는 전래동화와 창작동화로 나누어, 조지프 제이콥스의 《아기 돼지 삼형제》와 그림 형제의 《신데렐라》《백설공주》《라푼젤》 등 전래동화 네 편과 안데르센의 《미운 오리 새끼》《인어공주》《성냥팔이 소녀》 등 창작동화 세 편을 실었습니다. 어릴 적 익숙한 명작 동화를 필사하면 이야기의 흐름과 문장 구조를 자연스럽게 익힐 수 있으며, 글쓰기 속도를 높이고 나만의 글씨체를 형성하는 데도 도움이 됩니다.

소설 편은 자연과 인간의 갈등을 이겨내는 이야기를 담은 단편소설이나 에세이 명작들로 선택했습니다. 염상섭의 《표본실의 청개구리》, 현진건의 《운수 좋은 날》, 윤동주의 에세이 《달을 쏘다》, 김유정의 《동백꽃》 등 국내 작가들의 네 편에 나오는 명문 단락을 실었습니다. 이들 문장 패턴을 익힘으로써 문장력이 향상되고, 다양한 문체를 경험하며 창작 능력이 발달됩니다. 작가의 창작 사고를 이해하고, 나만의 글쓰기 스타일을 찾을 수 있습니다.

문장 편은 글쓰기에서 꼭 알아야 할 기본적인 문장 구성을 담았습니다. 문장과 단락 그리고 묘사의 기본 원리[3]를 익히고 문장력의 기본기를 다집니다.

작가 편은 글쓰기의 태도와 자세에 관한 명언과 작가가 한 인간으로서 지구, 인간, 삶에 대한 깊이 있는 성찰을 담은 글을 선택했습니다. 유명 작가들의 글쓰기 명언 "글쓰기는 고독한 싸움이다." 등을 살펴보고 올바른 글쓰기 태도와 자세를 배웁니다. 지구 환경 문제, 인간관계, 삶의 의미 등에 대한 성찰로 글쓰기에 깊이 있는 사고력을 키울 수 있습니다.

---

3) 문장들의 주어, 서술어, 보어, 목적어 등 그 연결성을 따지는 기본 원리

이 필사 노트는 평일 100일, 약 5개월 동안 매일 한 페이지씩 동화소설의 명문을 손으로 읽어 나의 문장력을 키우도록 설계된 손글씨 공책입니다. 아울러 여러분이 좋은 이야기를 쓸 때 문장 편에 나오는 문장력 7가지 요소를 생각하며 필사하면 쉽고 명료한 문장을 익힐 수 있습니다.
　아무쪼록 독자 여러분께서 매일 명작 동화소설 필사노트를 활용하여 하루 15분의 명문 필사의 힘을 느끼시길 바랍니다.
　매일 손으로 읽는 명작 동화소설의 명문 이야기는 당신의 창조적 뇌를 깨우고, 그 명작 이야기의 패턴과 문장을 기억되게 할 것입니다. 손과 뇌의 운동을 통해 매일 차곡차곡 쌓이는 문장 지식을 바탕으로, 여러분만의 멋진 이야기를 탄생시키는 놀라운 경험을 하시길 기대합니다.

필사노트 사용법

이 공책은 동화소설의 명문 이야기를 필사할 때 유용하게 사용할 수 있는 노트 양식을 제공하며, 필사가 편하도록 단순한 구성으로 편집했습니다. 문장 기억과 필사 이력에 도움이 되도록 작품명, 이야기 단락, 주석 용어 도움말, 필사 날짜, 필사 제목, 필사 노트, 생각 팁 등 항목으로 내용을 배치했습니다.

1. 좌측 페이지
   가. 작품명: 이솝 우화 《양치기 소년》
   나. 이야기 단락
   다. 주석 : 용어 도움말
   라. 생각 팁

2. 우측페이지 (10분 이내 필사)
   가. 필사 날짜
   나. 필사 제목
   다. 필사 노트

3. 필사 도구
   가. 필사 도구 : 검정색 볼펜, 형광펜
   나. 주제별 색상 선택: 예) 교훈은 빨간색, 일상은 파란색 등등

4. 꾸미기 팁
   가. 서체 변형으로 나만의 서체 연습을 할 수 있습니다.
       정자체/ 필기체 /볼드체
   나. 여백 활용: 생각을 적을 수 있는 여유 공간 남기기
   다. 스티커/도장: 필사 완성 후 작은 보상 추가

첫 번째 단계
동 화
DAILY WRITING

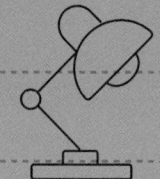
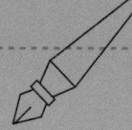

힐링과 문장력을 키우려는 당신이

손으로 읽어야 할 단 한 권의 노트

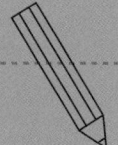
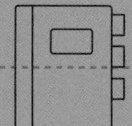

동화 fairy tale

동화[4]는 '요정 이야기'라는 뜻을 가진 영어 단어에서 유래했다. 어린 시절 접하는 그림 형제의 동화《백설공주》《헨젤과 그레텔》《라푼젤》《신데렐라》와 안데르센의 동화《미운 오리 새끼》《인어공주》《눈의 여왕》《성냥팔이 소녀》 등은 단순한 어린이 문학을 넘어 성인에게도 삶의 지혜와 교훈, 철학적 의미를 전하는 작품이다.

동양에서는 동화가 '동심을 담은 이야기'라는 의미이다. 동화는 독자에게 꿈과 희망, 그리고 교훈을 전달하는 중요한 문학 장르이다. 오늘날 동화는 종류[5]가 다양하고 단순한 이야기를 넘어 문화적 상징이나 대중적 매체로도 사용된다. 연극, 영화, 애니메이션 등 다양한 매체로 재해석되며 현대적 의미를 더하고 있다.

---

[4] 동화(童話, Fairy Tale)는 문학의 한 장르로 민담, 전설, 신화 등에서 유래한 이야기를 포함하며, 단순한 줄거리와 반복적인 구조, 선명한 선악 대비를 특징으로 한다.

[5] 동화의 종류
   1. 전래동화: 오랫동안 구전으로 전해 온 이야기로《신데렐라》,《흥부와 놀부》 등이 있다.
   2. 창작동화: 작가가 창작한 이야기로 안데르센의《인어공주》,《벌거벗은 임금님》 등이 있다.
   3. 환상동화와 일상동화 : 문학적 가치가 높은 동화로, 일상과 상상의 세계를 소재로 성인도 즐길 수 있는 작품을 말하며, 생텍쥐페리의《어린 왕자》가 해당된다.

우화 fable

우화는 동물이나 사물이 인간처럼 말하고 행동하며, 이를 통해 인간의 행동이나 사회적 문제를 비유적으로 표현한 짧은 이야기이다. 우화는 간결한 줄거리와 명확한 교훈을 특징으로 하며, 독자에게 쉽게 이해될 수 있도록 단순한 이야기 구조를 갖고 있다. 이솝 우화[6]가 유명하다.

6) 이솝 우화(Aesop's Fables) 또는 아이소포스 우화는 기원전 6세기 고대 그리스에 살았던 아이소포스(Asopos, 이솝)가 지은 우화다.
영국의 번역가 조지 플라이어 타운센드(George Fyler Townsend, 1814-1900)가 1867년에 그리스 원문을 영어번역본으로 출간한 책(표지 이미지)의 312편 우화 중 10편을 번역한 것이다.

이솝 우화 《거북이와 토끼》
The Tortoise and the Hare

재빠른 토끼와 느린 거북이가 달리기 시합을 하게 되었어요.
토끼는 자신의 속도에 자만하며 거북이를 비웃었어요.
"너 같은 느림보는 내 발끝도 못 따라올 거야!"

경기가 시작되자 토끼는 순식간에 앞질러 나갔고,
거북이는 한 발 한 발 천천히 걸었어요.
"어차피 이길 건데 급할 필요 없지!"
너무 앞서간 토끼는 나무 그늘에서 낮잠을 잤어요.

거북이는 쉬지 않고 꾸준히 걸었죠.
토끼가 잠에서 깨어났을 때는
이미 거북이가 결승선에 다가가고 있던 순간이었어요.

토끼가 필사적으로 달렸지만,
거북이가 먼저 결승선을 통과했어요.[7]

---

7) 교훈 : 재능은 게으름에 묻히고, 꾸준함은 승리를 이끈다.
　　토끼와 거북이 효과 : 경제·사회학에서 초반 우세한 자가 오히려 뒤처지는 현상을 비유하는 용어로 쓰인다.

*생각 팁 : 토끼가 잠자지 않았다면 어떻게 되었을까요?

Date   /   /

이솝 우화 《여우와 포도》
The Fox and the Grapes

배고픈 여우가 포도나무 아래를 지나다가
탱글탱글 익은 포도를 발견했어요.
포도를 먹고 싶었던 여우는 점프하며 열매를 잡으려 했지만,
나무는 너무 높았어요.

여러 번 뛰었지만, 포도는 손에 닿지 않았어요.
결국, 지친 여우는 포도에서 눈을 돌리며

"저 포도는 분명 시어서 맛이 없을 거야."
"누가 먹으려고 하겠어?"

중얼거리며 자리를 떠났어요.[8]

---

8) 등장인물 : 여우는 포도를 얻으려 노력했지만 실패한 후, 스스로를 위로하기 위해 합리화한다. 포도는 여우 욕망의 대상이지만, 손에 닿지 않는 '불가능'의 상징이다.
   교훈 : 얻을 수 없는 것을 비난하기 전에, 자신의 욕심이 이성을 흐리게 하지 않았는지 돌아보라.
   심리학 용어 '신 포도 효과' Sour Grapes Rationalization의 유래가 된 이야기이다.
*생각 팁 : 여우는 왜 포도가 시다고 말했을까요?

Date   /   /

이솝 우화 《개미와 베짱이》
The Ant and the Grasshopper

한여름,
부지런한 개미는 먹을 것을 저장하기 위해 열심히 일했어요.
베짱이는 나뭇가지에서 노래만 부르며 시간을 보냈어요.
"왜 그렇게 힘들게 일해? 지금은 놀 때야!"
개미는 베짱이에게 말했어요.
"겨울이 오면 먹을 게 없을 텐데 미리 준비해야 해요."
베짱이는 듣지 않았어요.

겨울이 찾아오자
개미는 따뜻한 집 안에서 저장한 식량을 먹으며 편안했지만,
베짱이는 추위에 떨며 간청했어요.
"배고파요. 먹을 것을 조금만 주세요!"
개미는 차갑게 말했어요.
"여름엔 놀았으니 겨울엔 춤으로 배고픔을 달래세요." [9]

9) 등장인물 : 개미는 미래를 준비하는 근면한 성격이며, 베짱이는 즉각적인 즐거움을 추구하는 성격이다.
   교훈 : 미래의 위험을 예측하고 준비하는 자가 살아남는다. "게으름은 결국 고통으로 돌아온다."는 계획적 삶의 중요성을 강조한다.

*생각 팁 : 베짱이는 왜 개미의 충고를 무시했을까요?

Date   /   /   /

이솝 우화 《사자와 생쥐》
The Lion and the Mouse

한 사자가 숲속에서 낮잠을 자던 중,
작은 생쥐가 우연히 사자의 몸 위를 뛰어다녔어요.
사자는 화가 나 생쥐를 잡고 으르렁댔어요.
"감히 나를 방해하다니! 죽여버리겠다!"

생쥐가 간절히 빌었어요
"제발 살려주세요! 언젠가 도움을 드릴 수 있을 거예요."
사자는 비웃으며 생쥐를 풀어주었어요.

어느 날,
사자가 사냥꾼의 덫에 걸려 꼼짝달싹 못 하게 되었어요.
사자가 으르렁대자 생쥐가 소리를 듣고 달려와
덫의 밧줄을 갉아 내어 사자를 구해주었어요.[10]

10) 교훈 : 아무리 작은 친구라도 소홀히 대하지 마라. 작은 친절이 큰 위기에서 본인을 구한다.
   "상대의 가치를 크기로 판단하지 말라."는 메시지로, 상호존중과 겸손을 강조한다.

*생각 팁 : 사자가 생쥐를 놓아준 이유는 무엇일까요?

Date   /   /

이솝우화 《늑대와 어린 양》
The Wolf and the Lamb

목마른 어린 양이 강가에서 물을 마시고 있었어요.
그때 늑대가 나타나 어린 양을 잡아먹으려 말했어요.
"네가 강물을 더럽혀 내가 마실 수 없게 했다!"

어린 양이 대꾸했어요.
"저는 강 아래쪽에서 마시고 있어요."
"늑대님은 위쪽에 계시잖아요!"

그러자 늑대는 말했어요.
"아니, 너의 아버지가 작년에 나를 모욕했다!"
억지를 부리며 어린 양을 먹어버렸어요.[11]

---

11) 등장인물 : 늑대는 힘으로 약자를 핑계 없이 탄압하는 강자이다. 어린 양은 논리적으로 맞서지만 결국 희생되는 약자이다.
   교훈 : 강자는 약자에게 정당화할 이유를 찾는다. 진실은 힘 앞에 무력할 때가 있다.
*생각 팁 : 어린 양이 어떻게 대꾸하면 안 죽었을까요?

Date   /   /   /

이솝우화 《북풍과 태양》
The North Wind and the Sun

북풍과 태양이 누가 더 강한가를 두고 다투었습니다.
그들은 여행자의 옷을 벗게 하는 자가 승자라는 내기를 하기로 했습니다.

북풍이 세차게 바람을 불었지만,
여행자는 오히려 옷을 꽉 움켜쥐었어요.
북풍이 더 강하게 불수록 여행자는 두꺼운 외투에 매달렸습니다.

태양은 온화하게 빛을 내리쬐었어요.
점점 따뜻해지자 여행자는 스스로 옷을 벗어
근처 나뭇가지에 걸어두었습니다.[12]

---

[12] 등장인물 : 북풍은 힘으로 상대를 제압하려는 오만한 성격이다. 태양은 부드러운 영향력으로 마음을 열게 하는 지혜로운 존재이다.
　　교훈 : "강압보다 친절이 사람의 마음을 움직인다." "강요는 저항을, 온기는 협력을 낳는다."는 인간관계의 원리를 담았다.
　　태양효과 Sun Effect 용어는 협상이나 교육에서 부드러운 영향이 강압보다 효과적임을 설명할 때 사용한다.
*생각 팁 : 일상 속에서의 '태양의 태도' 실천 방법은 무엇일까요?

Date   /   /   /

이솝 우화 《뱀과 독수리》
The Snake and the Eagle

독수리가 하늘에서 뱀을 발견하고 발톱으로 잡아 올렸어요.
뱀은 공중에서 몸을 비틀며 독니로 독수리를 물었어요.

독수리는 고통스러워하며 외쳤어요.
"내가 널 잡았지만, 네 독은 결국 우리 둘 다 죽게 할 거야!"

그 순간, 독수리는 뱀을 놓치고
둘은 땅으로 떨어져 함께 죽고 말았어요.[13]

---

13) 등장인물 : 독수리는 힘으로 상대를 제압하려 했지만 오만이 화를 부른다. 뱀은 절체절명의 순간에 복수심으로 독을 퍼붓는다.

교훈 : 복수는 파멸을 부른다. 서로를 파괴하는 싸움은 승자가 없다. 악의적인 갈등은 결국 양쪽 다 망친다. 용서의 중요성을 강조한다.

*생각 팁 : 독수리가 뱀을 놓아주었다면 어떻게 되었을까요?

Date   /   /

이솝 우화 《까마귀와 물주전자》
The Crow and the Pitcher

목마른 까마귀가 물주전자를 발견했어요.
주전자 안에는 물이 조금 있었지만,
부리가 닿지 않을 만큼 수위가 낮았어요.

까마귀는 고민하다가 주변의 작은 돌멩이들을 주워
주전자에 하나씩 떨어뜨렸어요.

돌이 쌓이자 물이 점점 위로 올라왔고,
마침내 까마귀는 목을 축일 수 있었어요.[14]

14) 등장인물 : 까마귀는 문제 해결을 위해 창의적인 방법을 찾는 지혜로운 캐릭터이다.
물주전자는 까마귀의 인내와 지혜를 시험하는 도구이다.

교훈 : 불가능은 없다. 방법을 찾는 자에게 돌멩이도 희망이 된다. 창의성, 인내, 문제 해결력의 중요성을 강조하는 대표적 우화이다.

*생각 팁 : 일상에서 '물주전자' 같은 어려움을 마주쳤을 때, 어떤 '돌멩이'를 찾을 수 있을까요?

Date   /   /   /   31

이솝 우화 《까마귀와 여우》
The Crow and the Fox

배고픈 까마귀가 치즈 한 조각을 물고
나뭇가지에 앉아 있었어요.
그때 여우가 지나가다 치즈를 보고는 꾀가 나 생각했어요.
"저 까마귀의 아름다운 깃털과 우아한 자태를 칭찬해 주어야겠다!"
여우가 말했어요.
"당신은 참으로 아름다운 새군요!"
"목소리도 분명 천상의 노래처럼 아름답겠어요"
"한 곡만 불러주시겠어요?"

까마귀는 여우 말에 홀려
"까악~"
하고 울며 치즈를 떨어뜨렸어요.

여우는 치즈를 낚아채 달아났습니다.[15]

---

15) 등장인물 : 까마귀는 아첨에 쉽게 넘어가는 순진함과 허영심의 상징이다. 여우는 교묘한 말솜씨로 상대를 조종하는 이기주의자이다.

교훈 : 아첨의 말 뒤에 덫이 숨어 있다. 허영심은 스스로를 망칠 뿐이다. "자신의 약점을 간파한 사람을 경계하라."

*생각 팁 : 여우처럼 행동하는 사람을 대하는 방법을 생각해보세요.

Date / /

이솝 우화 《두 마리 개구리》
The Two Frogs

마르고 있는 늪에서 살던 두 마리 개구리가
새로운 집을 찾아 여행을 떠났어요.

길을 가다가 깊은 우물을 발견한 한 개구리가 말했어요.
"여기 물이 가득하니 이 우물로 들어가 살자!"

다른 개구리는 고민하다가 말했어요.
"만약 이 우물도 마르면, 우리는 어떻게 빠져나올 수 있겠어?"
"깊은 곳에 갇히면 끝이야."

두 개구리는 우물에 들어가지 않고 더 안전한 장소를 찾아 떠났어요.[16]

---

16) 등장인물 : 우물로 뛰어들려는 개구리는 즉각적인 편의를 추구하지만 위험을 간과한다. 신중한 개구리는 먼 미래를 예측하며 신중한 선택을 한다.

    교훈 : 급한 결정은 재앙을 부른다. 행동 전에 결과를 꼭 생각하라. 편안함의 유혹보다 자유의 가치가 중요하다는 메시지를 담고 있다.

*생각 팁 : 일상에서 '깊은 우물' 같은 유혹을 생각해 보세요.

Date   /   /   /

조지프 제이콥스 동화 《아기 돼지 삼형제》
The Three Little Pigs

 영국 잉글랜드의 전래동화이다. 오래전 구전으로 전해 온 이 이야기는 18세기 후반에 출판됐지만, 이 동화는 호주 출신 영국의 민속학자 조지프 제이콥스[17]가 정리한 1904년 출판 본을 번역한 것이다.

 1933년 월트 디즈니 애니메이션 스튜디오가 제작한 애니메이션 단편영화 '아기 돼지 3형제'로 유명해졌다.

---

17) 조지프 제이콥스(Joseph Jacobs 1854~1916) 영국에서 활동한 호주의 민속학자, 역사학자이다. 독일에 그림 형제가 있다면 영국에는 이 사람이 있다. 잉글랜드의 대표 민담인 아기돼지 삼형제, 잭과 콩나무, 잭 더 자이언트 킬러, 엄지 톰 이야기 등을 수집한 것으로 유명하다.

18)

18) 1904년에 각색된 이야기에서 늑대가 짚으로 만든 집을 날린다. 레너드 레슬리 브룩의 삽화.

조지프 제이콥스 동화 《아기 돼지 삼형제》
The Three Little Pigs

엄마 돼지가 아기 돼지 삼형제를 바깥세상으로 내보냈어요.
아기 돼지 삼형제는 서로 다른 집을 짓기로 했어요.

첫 번째 아기 돼지는 길을 걸으며 생각했어요.
"왜 힘들게 나무나 벽돌을 써야 하지? 짚이면 충분해."
그는 짚을 모아 엮어 대충 집을 완성했어요.

"이제 끝이야! 이렇게 쉽게 집을 지을 수 있다니."
그는 집 안으로 들어가 기쁘게 노래를 부르며 쉬었습니다.
"누가 와도 이 집은 내 것이야. 아무도 나를 괴롭히지 못해."

늑대는 첫 번째 돼지의 집 앞에 서서 큰소리로 외쳤어요.
"돼지야, 문 열어라!"
그는 문이 안 열리자 강하게 불어 집을 날려버렸어요.
"흠흠흠, 그리고 후~!"
첫 번째 돼지는 서둘러 두 번째 돼지 집으로 도망쳤어요.[19]

---

19) 등장인물 : 첫 번째 돼지의 태도와 그의 집이 얼마나 허술한지를 잘 보여주며, 이야기의 흐름을 이해하는 데 도움이 된다.

*생각 팁 : 첫 번째 돼지의 성격을 보여주는 대상을 찾아보세요.

Date   /   /   /   39

조지프 제이콥스 동화 《아기 돼지 삼형제》
The Three Little Pigs

두 번째 아기 돼지는 집 짓기 위해 나무를 모았어요.
"나무로 집을 지으면 금방 지을 수 있고, 시간도 절약할 수 있겠지."
그는 서둘러 나무로 집을 지었어요.
그는 만족스러워 집안에 들어가 쉬었어요.

늑대는 두 번째 돼지의 집 앞에 서서 큰소리로 외쳤어요.
"아기 돼지야, 문 열어라!"
그는 문이 안 열리자 몸통을 부딪쳐서 집을 쓰러트렸어요.
아기 돼지들은 놀랐습니다.
"늑대다! 늑대가 왔다!"
세 번째 아기 돼지 집으로 도망쳤어요.[20]

20) 등장인물 : 두 번째 돼지가 집을 짓는 부분은 단순하지만, 교훈을 담고 있다. 그는 집을 지을 때 조금만 더 신경 썼더라면 더 튼튼한 집을 지을 수 있었다. 인내와 노력의 중요성을 강조한다.

*생각 팁 : 두 번째 돼지의 성격을 닮은 대상을 찾아보세요.

Date   /   /   /   41

조지프 제이콥스 동화 《아기 돼지 삼형제》
The Three Little Pigs

세 번째 아기 돼지는 벽돌을 하나씩 꼼꼼히 쌓아 올렸어요.
"서두르지 않아도 돼. 너무 쉽게 집을 지으면 안 돼!"
그는 땀을 흘리며 벽돌을 쌓았어요.
그의 손에는 물집이 생겼지만, 그는 포기하지 않았어요.
"이 집은 나와 내 형제들을 지켜줄 거야."

늑대가 와서 문을 두드리며 소리쳤어요.
"아기 돼지야, 문 열어라!"
세 번째 아기 돼지는 당당하게 말했어요.
"싫어, 이 집은 벽돌로 지었어."
"아무리 불어도 때려도 무너지지 않을 거야."

늑대가 벽돌집을 향해 입김을 불고 부딪쳤지만,
집은 꿈쩍도 하지 않았습니다.
세 번째 돼지는 미소 지으며 말했습니다.
"나는 시간을 들여 제대로 된 집을 지었어."
"내 집은 튼튼해, 늑대야!" [21]

21) 등장인물 : 세 번째 아기 돼지의 지혜와 노력이 빛을 발한 이야기이다. 이 단락 글은 인내, 노력, 지혜, 그리고 가족을 지키려는 마음을 담고 있는 메시지이다.

*생각 팁 : 그의 자신감은 노력에서 나온 것인가요?

Date   /   /   /

그림 형제 동화 《라푼젤》
Rapunzel

독일의 문학자이자 언어학자인 그림 형제[22]는 1807년부터 독일 각지에서 전해 내려오던 민담과 설화를 수집했다.

그들은 이를 정리하여 《어린이와 가정을 위한 동화집》 3권에 수록했다.

이 동화 《라푼젤》은 영국의 소설가이자 번역가 마가렛 헌트 Margaret Hunt가 1884년에 번역한 《그림 형제의 동화 영어번역본 Household Tales by Brothers Grimm》에서 발췌하여 번역한 것이다.

이미지는 이 책에 수록된 《라푼젤》 삽화이다.

---

22) 그림 형제의 형은 야콥 그림(Jacob Grimm, 1785-1863)이고 그 동생은 빌헬름 그림(Wilhelm Grimm, 1786-1859)이다. 그림 형제는 유럽에서 가장 널리 알려진 동화 작가로, 《백설공주》《잠자는 숲속의 미녀》《라푼젤》《헨젤과 그레텔》《개구리 왕자》《브레멘 음악대》 등 수많은 명작을 남겼다.

그림 형제 동화 《라푼젤》
Rapunzel

옛날 옛적에, 한 남편과 아내가 작은 오두막에서 살고 있었습니다. 임신한 아내는 몸이 매우 약해져 무엇을 먹어도 입맛이 없었습니다. 어느 날, 아내는 창문 너머로 보이는 마녀의 정원에서 자라는 라푼젤[23]을 보았습니다. 그녀는 라푼젤을 먹고 싶은 욕구를 참을 수 없었고, 남편에게 정원에서 라푼젤을 가져다 달라고 졸랐습니다.

남편은 마녀의 정원에 몰래 들어가 라푼젤을 훔쳤습니다. 아내는 라푼젤을 먹고 기운을 차렸지만, 다음 날도 라푼젤을 먹고 싶은 아내를 위해 남편은 정원에 들어갔습니다. 이번에는 마녀에게 들키고 말았습니다.

마녀는 화가나 남편에게 말했습니다.
"네가 정원에서 훔친 대가로, 네 아내가 낳을 아이를 내게 주어라. 그 아이는 내가 키울 것이다."
남편은 어쩔 수 없이 마녀의 조건을 받아들였고, 아내는 아이를 낳은 후 마녀에게 넘겨주었습니다.
마녀는 아이를 라푼젤이라고 이름 짓고, 숲속에 있는 높은 탑으로 데려갔습니다.

---

23) 《라푼젤》 Rapunzel은 독일어로 '들 상추' 뜻이다. 여기서는 들에 핀 아름다운 상추로 번역한다.

*생각 팁 : 라푼젤이 왜 탑에 갇혔는가?

Date   /   /   /

그림 형제 동화 《라푼젤》
Rapunzel

라푼젤은 탑 안에서 자랐습니다. 탑에는 문도 계단도 없었고, 오직 작은 창문만이 있었습니다. 마녀는 라푼젤을 가두었고, 탑에 오르는 유일한 방법은 라푼젤의 긴 머리카락을 타고 오르는 것뿐이었습니다.

마녀는 라푼젤에게 말했습니다.
"너는 이 탑에서 평생을 살아야 한다. 외부 세상은 위험하고 무서운 곳이니, 절대 탑을 떠나서는 안 된다."

라푼젤은 마녀의 말을 믿고 탑 안에서만 생활했습니다.
그녀는 마녀가 가져다주는 음식과 물건으로 생활했고, 긴 머리카락을 타고 마녀가 오르는 것을 보며 시간을 보냈습니다.

하지만 라푼젤은 창밖으로 보이는 세상에 대한 꿈을 키우며, 자유를 원했습니다.

*생각 팁 : 그녀의 마법의 머리카락은 어떤 힘을 지녔나요?

Date   /   /   /   49

그림 형제 동화 《라푼젤》
Rapunzel

어느 날, 숲을 지나가던 한 왕자가 라푼젤의 아름다운 노래를 듣게 되었습니다. 그 노래는 탑 꼭대기에서 흘러나오고 있었습니다. 왕자는 노래의 주인을 찾고 싶었지만, 탑에는 문도 계단도 없었습니다.

그때, 왕자는 마녀가 탑 아래로 다가오는 것을 보았습니다.
"라푼젤아, 라푼젤아, 네 긴 머리를 내려다오."
라푼젤은 창문으로 머리를 내밀고, 자신의 긴 머리카락을 풀어 내렸습니다. 마녀는 라푼젤의 머리카락을 타고 탑 위로 올라갔습니다.

마녀가 떠난 후, 왕자는 탑 아래에 서서 마녀처럼 외쳤습니다.
"라푼젤아, 라푼젤아, 네 긴 머리를 내려다오."
라푼젤은 머리카락을 내렸고, 왕자는 그 머리카락을 타고 탑 위로 올라갔습니다.

처음으로 남자를 본 라푼젤은 놀랐지만, 왕자의 친절한 모습에 마음을 열게 되었습니다. 왕자는 라푼젤의 아름다움과 순수함에 반했고, 두 사람은 서로 사랑에 빠졌습니다. 왕자는 라푼젤을 매일 밤 그녀를 만나기 시작했습니다. 라푼젤은 왕자와 함께 탑을 벗어나 자유를 찾는 꿈을 꾸게 되었습니다.

*생각 팁 : 라푼젤과 왕자의 용기가 어디서 나올까요?

Date   /   /   /

그림 형제 동화《라푼젤》
Rapunzel

마녀는 라푼젤이 탑에서 왕자와 몰래 만나는 사실을 눈치채지 못했습니다.
"마녀님, 제 머리가 왜 이렇게 무거운지 아세요? 왕자님이 매일 올라오시는데, 그분이 저를 사랑하신답니다."
눈치챈 마녀는 이 말에 화가나 라푼젤의 아름다운 긴 머리카락을 자르고, 황량한 숲속으로 쫓아버립니다.

마녀는 라푼젤의 잘린 머리카락을 이용해 왕자를 속여 왕자가 탑에 올라오자,
"네가 사랑하는 라푼젤은 영원히 사라졌다. 이제 너도 고통을 느껴라!"
마녀는 왕자를 탑에서 밀어내고, 왕자는 가시덤불에 떨어져 눈이 멀게 됩니다.

라푼젤은 숲속에서 고통스러운 삶을 살며 왕자를 그리워합니다.
왕자는 눈이 먼 채로 방황하며 라푼젤을 찾아다닙니다.
두 사람은 서로를 그리워하지만, 마녀의 저주로 재회할 수 없는 고통을 겪습니다.[24]

---

24) 이 단락은 마녀의 악의와 배신, 그리고 순수한 사랑이 어떻게 파괴될 수 있는지를 보여준다.

*생각 팁 : 라푼젤과 왕자가 저주받은 이유를 생각해 보세요.

Date / /

그림 형제 동화 《라푼젤》
Rapunzel

라푼젤은 쌍둥이 아이들을 낳고, 고된 삶을 살아갑니다.
왕자를 그리워하며, 그의 목소리를 기억하며 하루하루를 버텨냅니다.

어느 날, 왕자는 라푼젤의 목소리를 다시 듣게 됩니다. 그 목소리는 그가 그토록 그리워하던 라푼젤의 노래였습니다.
왕자는 목소리를 따라가다가 마침내 라푼젤을 찾아냅니다. 라푼젤은 왕자를 알아보고, 그를 향해 달려갑니다.

라푼젤은 왕자를 보며 기쁨의 눈물을 흘립니다. 그 눈물이 왕자의 눈에 떨어지자, 마법처럼 왕자의 시력이 돌아옵니다.
왕자는 라푼젤의 얼굴을 다시 보며 서로를 끌어안고 한동안 감동에 빠집니다.

왕자는 라푼젤과 아이들을 데리고 왕국으로 돌아가 결혼하고, 아이들과 함께 행복하게 살아갑니다.[25]

25) 이 단락은 행복한 결말로 사랑의 힘과 희생의 가치를 보여준다. 라푼젤의 눈물은 치유와 구원의 상징으로, 사랑이 가진 마법 같은 힘을 나타낸다.

*생각 팁 : 힘들게 만나는 감동적인 순간을 기록해보세요.

Date   /   /   /

그림 형제 동화《신데렐라》
Cinderella[26]

소녀는 병석에 누운 어머니가 세상을 떠나자 매일같이 무덤을 찾아가 슬피 울었다.

그렇게 겨울이 지나고 봄이 오자 아버지는 새 부인을 얻었다.

소녀보다 나이가 많은 새엄마의 두 딸은 얼굴은 예쁘지만, 마음씨가 심술궂다.

그들은 소녀를 온갖 집안일을 시키고, 잠도 부엌의 아궁이 옆에서 자게 했다.

그녀는 항상 재투성이로 지내야 했으며, 식구들은 소녀를 재투성이라고 불렀다.

---

[26] 디즈니 실사영화 '신데렐라'에서는 주인공 이름은 엘라이다. 그림 형제 동화 신데렐라(Cinderella, 재투성이 엘라)는 재를 뜻하는 신더(Cinder)와 엘라(Ella)의 합성어이다. 이 글에서 주인공 이름은 '재투성이'이다.

Date   /   /   /

그림 형제 동화 《신데렐라》
Cinderella

어느 날 아버지는 장을 보기 위해 길을 나서면서 아이들에게 필요한 물건을 물어보았다. 두 언니는 아름다운 옷과 보석을 원했으나, 막내 재투성이는 집에 돌아올 때 아버지 모자에 닿는 첫 번째 나뭇가지를 꺾어달라고 했다. 아버지는 자신의 모자에 닿은 첫 번째 나뭇가지인 개암나무[27)]의 가지를 꺾어다 주었다.

재투성이는 그 나뭇가지를 어머니 무덤 옆에 심고 매일 그곳에서 하염없이 울었다. 개암나무는 금세 자라 아름다운 나무가 되었다. 재투성이는 매일 하루에 세 번씩 어머니 무덤에 가서 울며 기도했다. 그때마다 하얀 새 한 마리가 날아와 그녀가 원하는 것을 던져 주곤 했다.

---

27) 유럽에서 개암나무(Corylus avellana)의 열매는 헤이즐넛이다. 1~2m 크기의 나무로 네모난 타원형으로 잎의 끝이 뾰족하게 튀어나왔다.

*생각 팁 : 신데렐라의 슬픔을 생생한 단어로 표현해 보세요.

그림 형제 동화 《신데렐라》
Cinderella

어느 날, 나라의 왕자가 신붓감을 구하기 위해 온 나라의 처녀들을 성으로 초대하여 사흘 동안 파티를 연다. 재투성이도 그 파티에 가고 싶었으나 새엄마는 콩 한 말을 잿더미 속에 쏟아붓고 두 시간 안에 콩을 모두 골라놓으면 파티에 가게 해주겠다고 한다.

재투성이는 뒷마당으로 나가, 커다란 소리로 노래를 불렀다.
"착한 비둘기들아, 산 비둘기들아, 하늘 아래 모든 새들아, 이리 와서 콩 고르는 것을 도와다오. 좋은 콩은 단지 안에, 나쁜 콩은 너희들 뱃속에."
온갖 새들이 날아와 콩을 쪼아 채 한 시간도 걸리지 않아 단지 안에 콩을 모두 골라 넣었다. 새엄마는 다시 콩 두 말을 잿더미 속에 섞어놓고 한 시간 안에 골라놓으라고 억지를 썼으나, 이번에도 새들이 날아와 일을 마쳤다.

그러나 새엄마는 입고 갈 옷도 없는 재투성이를 데리고 갈 수 없다며 자신의 두 딸만 데리고 파티장으로 향했다.[28]

28) 동화 신데렐라는 그림 형제(Brüder Grimm)가 1812년에 출판한 독일어판 《어린이와 가정을 위한 동화집》(Kinder-und Hausmärchen)에 수록된 대표적인 작품이다. 신데렐라가 새엄마와 이복 언니들의 학대 속에서도 선한 마음과 의지를 잃지 않고 마침내 행복한 결말을 그린 이야기이다.

*생각 팁 : 그녀의 고통과 인내심은 어디서 나온 것일까요?

Date   /   /   /

그림 형제 동화 《신데렐라》
Cinderella

재투성이는 어머니 무덤가의 개암나무로 가서 슬피 울면서 소리쳤다.

"온몸을 흔들어라. 어린나무야! 나에게 금과 은을 던져다오."
하얀 새가 나타나 금과 은실로 짠 드레스와 신발 한 켤레를 던져주었다. 재투성이는 서둘러 입고 성으로 달려갔다. 공주처럼 아름다운 재투성이는 왕자와 춤을 추었다. 어느덧 밤이 되자 그녀는 왕자의 배웅을 받으며 집으로 돌아왔다.

왕자는 그녀가 어느 집 딸인지 알고 싶었으나, 재투성이가 재빨리 비둘기장 속으로 도망가 찾을 수 없었다. 왕자는 왕과 함께 비둘기장을 부쉈으나 그녀는 이미 그곳을 빠져나와 아름다운 옷을 무덤 위에 벗어놓고 잿빛 옷으로 갈아입은 후 잿더미 속에 누워 그녀를 알아보지 못했다.

Date   /   /   /

그림 형제 동화 《신데렐라》
Cinderella

이튿날 재투성이는 다시 개암나무로 가서 더 예쁜 옷과 신발을 받아 입고 왕자와 춤을 추었다. 재투성이는 밤이 되자 다시 왕자를 버려둔 채 배나무 위로 올라가 몸을 숨겼다. 이번에도 그녀를 찾을 수 없었다.

사흘째 되는 날 재투성이는 개암나무로부터 더욱 화려하고 눈부신 드레스와 순금으로 된 신발을 받았다. 재투성이는 파티가 끝나자 또 서둘러 성을 떠났다. 그러나 이번에는 왕자가 미리 계단에 송진을 발라두었기 때문에 재투성이의 왼쪽 신발이 계단에 달라붙고 말았다. 다음 날 아침 왕자는 그 한쪽 황금 신발을 들고 왕에게 가서 그 신발이 맞는 처녀와 결혼하겠다고 한다.

*생각 팁 : 무도회의 화려함을 묘사해 보세요.

Date   /   /

그림 형제 동화 《신데렐라》
Cinderella

왕자가 놓고 간 황금 신발을 큰딸이 먼저 신발을 신으려 했으나 들어가지 않았다. 새엄마는 큰딸에게 칼을 주며 왕비가 되면 더 이상 걸을 일이 없으니 엄지발가락을 자르라고 말한다. 엄지발가락을 자른 후 억지로 신발을 신고 나타난 큰딸을 데리고 왕자는 성으로 가기 위해 재투성이 어머니의 무덤 옆을 지나게 되었다.

그때 개암나무에 앉아 있던 두 마리의 비둘기가 노래했다.
"구구구구 피투성이!"
"너무 작은 신발을 신은 여자는 진짜 신부가 아니지."

그 소리를 듣고 다시 재투성이 집으로 돌아온 왕자 앞에 이번에는 둘째 딸이 발뒤꿈치를 자르고 나타났다. 왕자가 둘째 딸을 데리고 또다시 재투성이 어머니의 무덤 옆을 지나자 이번에도 두 마리의 비둘기가 노래했다.
"구구구구 피투성이!"
"너무 작은 신발을 신은 여자는 진짜 신부가 아니지."

*생각 팁 : 마법의 순간처럼 자연현상을 생생하게 묘사해 보세요.

Date / / /

그림 형제 동화 《신데렐라》
Cinderella

드디어 재투성이 차례가 되었다. 새엄마는 재투성이를 신지 말라고 했으나, 왕자는 재투성이에게 황금 신발을 신겨보았다. 재투성이의 발은 신발 안으로 끌려 들어가듯 꼭 들어맞았다.

그녀의 얼굴을 자세히 본 왕자는 자신과 춤을 춘 소녀가 바로 재투성이라는 것을 알아차렸다. 왕자와 재투성이는 말을 타고 함께 성으로 향했다. 개암나무 밑을 지나자 두 마리의 비둘기가 재투성이의 양어깨 위에 올라앉아 노래했다.

"구구구구 피가 흐르지 않아"
"신발이 꼭 맞는 그 여자가 진짜 신부지."

왕자와 재투성이는 성대한 결혼식을 올렸다.
결혼식 날 작은 행운이라도 얻으려 나타난 두 언니는 두 마리의 비둘기에게 눈알을 쪼여 평생 장님으로 살아야 했다.[29]

---

29) 신데렐라 콤플렉스Cinderella Complex라는 심리용어가 알려져 있다. 자립 의지를 포기하고 이성에게 의존하여 인생의 변화, 마음의 안정, 보호받고자 하는 욕구 충족 등을 추구하는 심리를 신데렐라 이야기에 빗대어 이르는 말이다. 본인에게 반한 백마 탄 왕자님을 만나서 자신의 미래가 현재와 전혀 다르게 바뀌어 잘 살 수 있다고 생각하는 증세를 말한다. 쉽게 말하면 공주병과 비슷한 증세이다.

*생각 팁 : 공주병에 대해서 어떻게 생각하세요?

Date   /   /   /   69

애니메이션 《백설공주와 일곱 난쟁이》[30)]
Snow White and the Seven Dwarfs

이 애니메이션의 원작은 독일 동화 작가 그림 형제의 동화집에 실려있는 동화 백설공주이다.

우측 이미지는 영국의 소설가이자 번역가 마가렛 헌트 Margaret Hunt의 《그림 형제 동화집, 영어번역본, 1884년》에 있는 동화 백설공주의 삽화이다.

---

30) 이글은 그림 형제의 동화 백설공주 원작을 각색한 디즈니 애니메이션 《백설공주와 일곱 난장이》를 우리말로 번역하여 발췌한 것이다.

SNOW·WHITE

"Queen thou art of beauty rare,
But Snow-white living in the Glen,
With the seven little men,
Is a thousand times more fair."

애니메이션 《백설공주와 일곱 난쟁이》
Snow White and the Seven Dwarfs

왕비는 성의 어두운 방에 있는 마법 거울 앞에 서 있다. 그녀는 자신이 세상에서 가장 아름다운 여자인지 확인하기 위해 마법 거울에 묻는다.

"거울아, 거울아, 세상에서 가장 아름다운 이는 누구인가?"

마법의 거울은 말한다.

"폐하의 아름다움은 누구도 따라올 수 없습니다.
그러나 보세요, 한 아가씨가 있나이다. 누더기도 그녀의 고운 품격을 가릴 수 없나이다."
"아, 그녀는 폐하보다 더 아름답나이다." [31]

---

31) 등장인물 : 왕비는 어둡고 음산한 얼굴로 야망과 질투심이 강조됩니다. 마법 거울은 인간의 얼굴 모습을 하고 있으며, 왕비에게 진실을 말하는 역할을 한다.

*생각 팁 : 거울을 보며 자신의 초상화를 그려 보세요.

Date   /   /   /

애니메이션《백설공주와 일곱 난쟁이》
Snow White and the Seven Dwarfs

왕비는 마법 거울에 또 묻는다.
"그녀에게 불행이야! 그녀의 이름을 말해라."

마법 거울은 답한다.
"장미처럼 붉은 입술, 흑단처럼 검은 머리, 눈처럼 하얀 피부."

왕비는 분노하며 소리친다.

"백설공주!"

*생각 팁 : 그녀의 질투심은 어디서 나온 것일까요?

Date   /   /

애니메이션 《백설공주와 일곱 난쟁이》
Snow White and the Seven Dwarfs

왕비는 사냥꾼에게 명령한다.
"사냥꾼아, 백설공주를 데리고 숲으로 가라. 그리고 그녀를 죽여 그 심장을 가져와라."
"하지만 폐하, 그녀는 단지 어린 소녀입니다."
"내 명령을 따르지 않으면 너도 죽음을 면치 못할 것이다."

사냥꾼은 백설공주를 데리고 깊은 숲속으로 간다.
백설공주는 순수하게 꽃을 따며 즐거워하며 말한다.
"여기는 정말 아름다워요! 이 꽃들을 보세요, 사냥꾼 아저씨. 정말 예쁘지요?"

사냥꾼은 그녀의 순수함과 결백함을 보고 마음이 흔들린다.
"나는 이 아이를 죽일 수 없어. 그녀는 너무 순수하고 해맑아." [32]

---

[32] 배경 설명 : 백설공주의 계모인 왕비는 백설공주가 자신보다 아름답다는 사실을 알고 그녀를 없애기로 결심한다. 왕비는 사냥꾼에게 백설공주를 숲으로 데려가 죽이고, 그 증거로 백설공주의 심장을 가져오라고 명령한다. 사냥꾼은 왕비의 명령에 따라 백설공주를 숲으로 데려가지만, 결국 그녀를 죽이지 못하고 풀어준다.

*생각 팁 : 일상에서 이런 갈등을 기억해서 적어 보세요.

Date   /   /   /

애니메이션《백설공주와 일곱 난쟁이》
Snow White and the Seven Dwarfs

사냥꾼은 그녀에게 도망치라고 말한다.
"백설공주, 도망쳐! 왕비가 너를 죽이려고 해. 절대로 성으로 돌아오지 마라!"
"도망치라고요? 왜요? 무슨 일이에요?"
"더 물어보지 마라. 그냥 도망쳐! 숲속으로 들어가서 절대 돌아오지 마라!"

백설공주는 두려움에 떨며 숲속으로 도망친다.
"무서워요. 하지만 난 도망칠 거예요. 절대 돌아오지 않을 거예요."

사냥꾼은 백설공주를 풀어준 후 왕비에게 어떻게 말할지 망설인다.
"나는 이제 어떻게 하지? 왕비는 백설공주의 심장을 가져오길 원했는데." [33]

---

33) 이 장면은 백설공주의 순수함과 사냥꾼의 양심을 대비적으로 보여준다. 사냥꾼은 왕비의 명령을 거부하고 백설공주를 구함으로써 선한 선택을 한다.

*생각 팁 : 위기 순간에 도망치는 것이 옳은 방법인가요?

Date   /   /   /

애니메이션《백설공주와 일곱 난쟁이》
Snow White and the Seven Dwarfs

백설공주는 숲 속에서 난쟁이들의 집을 발견한다.
"누구도 여기 살지 않는 건가요? 누구든지. 저를 도와주세요!"

난쟁이들은 처음 본 백설공주를 이상하게 생각한다.
난쟁이 리더 독스가 말한다.
"우리 집에 누가 들어왔어?!"
까다로운 난쟁이 그럼시가 대꾸한다.
"여자애가 우리 집에?! 이건 말도 안 돼!"

"저를 도와주실 수 있나요? 저는 집을 청소하고 요리할 수 있어요."
지친 백설공주를 보며 쾌활한 난쟁이 해피가 말한다.
"그럼 우리 집에서 지내는 게 어때? 우리는 일하러 가야 해!"

"정말 감사합니다! 제 이름은 백설공주예요." [34]

---

34) 장면 설명 : 백설공주가 숲 속에서 난쟁이들의 집을 발견하고, 그곳에서 난쟁이들과 처음 만난다. 난쟁이들은 처음에는 백설공주를 경계하지만, 그녀의 순수함과 친절함에 마음을 열게 된다.

*생각 팁 : 집에 처음 온 사람에게 하는 인사말을 생각해 보세요.

Date   /   /   /

애니메이션 《백설공주와 일곱 난쟁이》
Snow White and the Seven Dwarfs

왕비는 마법으로 노파로 변장한다.
"이 사과에 독을 묻히면, 백설공주는 영원히 잠들 것이다. 그 누구도 그녀를 깨울 수 없을 거야."

노파는 난장이 집 앞에서 말한다.
"사과 사시겠어요, 아가씨? 맛있고 신선한 사과예요."
창문을 열며 백설공주가 말한다.
"아, 고맙습니다. 하지만 난장이들이 낯선 사람에게서 아무것도 받지 말라고 했어요."
노파는 달콤한 말을 합니다.
"오, 그런가요? 난 할머니일 뿐이냐. 이 사과는 마법의 사과야. 소원을 빌면 이루어져. 한 입 만 먹어봐."

"정말 맛있어 보여요! 감사합니다."
백설공주는 사과를 한 입 베어 물고, 곧 쓰러진다.
"이제 백설공주는 영원히 잠들 거야. 왕자의 키스로만 깨어날 수 있지만, 그런 일은 절대 일어나지 않을 거야! 하하하!" [35]

---

35) 장면 설명 : 왕비는 마법 거울을 통해 백설공주가 아직 살아있다는 사실을 알고, 세 번에 걸쳐 음모를 꾸민다. 첫 번째는 허리를 조이는 끈으로 백설공주를 조르려 하지만, 난장이들이 구해준다. 두 번째는 독이 묻은 빗으로 백설공주를 죽이려 하지만, 난장이들이 다시 구해준다. 세 번째는 독 사과를 먹는 장면으로 백설공주의 순수함은 독 사과의 악을 이길 수 없는 것처럼 보인다.

*생각 팁 : 독 사과처럼 다른 악의 상징물을 생각해 보세요.

Date / / /

애니메이션 《백설공주와 일곱 난쟁이》
Snow White and the Seven Dwarfs

난쟁이들이 집에 오자 쓰러진 백설공주을 발견한다.
"백설공주가 쓰러져 있어!"
난쟁이들은 황급히 노파를 쫓아가고 노파는 도망치지만,
난쟁이들에게 쫓기다가 절벽에서 떨어져 죽는다
까다로운 난쟁이 그럼시는 외친다.
"저 노파가 왕비였어! 우리가 너무 늦었어!"
난쟁이들은 백설공주를 유리관에 넣어 지켜본다.
왕자는 백설공주의 죽음 소식을 듣고 찾아와 그녀를 발견한다.

"백설공주... 내 사랑이여. 당신은 내 마음속에 영원히 살아있을 거예요."
"이제 당신을 깨울 시간이에요."
백설공주에게 키스를 한다.
백설공주는 눈을 뜬다.
"어디... 여긴 어디죠? 당신은... 왕자님?"
"네, 당신의 왕자입니다. 이제 우리는 영원히 함께할 거예요." [36]

---

[36] 장면 설명 : 왕자는 백설공주에게 입맞춤하고, 그 입맞춤은 마법처럼 그녀를 깨운다. 영화의 절정(Climax)이자 행복한 결말(Happy ending)을 상징한다. 왕자의 키스는 진정한 사랑의 힘을 보여주며, 백설공주를 깨우는 마법이 생기는 메시지 단락이다.

*생각 팁 : 일상 속에서 신비한 마법의 힘을 상상해보세요?

Date   /   /

애니메이션《백설공주와 일곱 난쟁이》
Snow White and the Seven Dwarfs

백설공주가 깨어난 후,
왕자는 그녀를 성으로 데려가 결혼한다.
난쟁이들과 동물들도 그들의 행복을 지켜본다.

"난쟁이 친구들, 안녕!
저는 이제 왕자님과 함께 행복하게 살 거예요.
하지만 당신들을 절대 잊지 않을 거예요."

"우리도 당신을 영원히 기억할 거야, 백설공주!"

"이제 우리는 영원히 함께할 거예요, 백설공주." [37]

---

37) 장면 설명 : 진정한 사랑과 행복한 결말을 보여준다. 백설공주와 왕자의 사랑은 난쟁이들과 동물들의 축복 속에서 완성한다.

*생각 팁 : 행복한 결말을 슬픈 결말로 바꾸어 보세요.

Date   /   /   /

안데르센 동화

한스 크리스티안 안데르센[38]안은 덴마크의 동화작가이다.
이 작품들은 제니 H. 스티크니Jenny H. Stickney가 편집한 《안데르센 동화집 Hans Andersen's Fairy Tales》(1914년, The Athenæum Press, U.S.A)에서 번역하여 발췌한 것이다. 이미지는 이 책 표지 삽화이다.

---

38) 한스 크리스티안 안데르센(Hans Christian Andersen,1805~1875)의 동화집은 9권에 걸쳐 총 156편이 수록되어 있다. 즉흥시인, 벌거숭이 임금님, 빨간 구두, 꿋꿋한 주석 병정, 성냥팔이 소녀, 미운 오리 새끼, 인어공주, 엄지공주, 눈의 여왕, 공주와 완두콩, 돼지치기 왕자, 야생의 백조 등이 유명한 작품들이다.

안데르센 동화 《미운 오리 새끼》
The Ugly Duckling[39]

한 농장에서 어미 오리가 알을 품고 있다.
마침내 알들이 하나씩 깨어나기 시작한다.
새끼들이 알에서 나오자 어미는 모두 귀엽고 예뻐서 말했다.

"얘들아, 세상에 온 걸 환영해! 이리 와서 엄마를 좀 보렴."
새끼들은 기쁜 소리로 어미 오리에게 다가갑니다.
"삐약! 삐약!"

가장 큰 알이 깨어지며 마지막 나온 새끼는
다른 형제들과 달리 크고 못생긴 모습이었다.
"이건 뭐야? 다른 애들과는 다르구나."
"그래도 내 새끼야."
어미 오리는 안아 주었다.

다른 새끼들은 싫은 말을 했다.
"저건 뭐야? 너무 못생겼다!"
"저런 건 우리와 어울릴 수 없어."

---

[39] 덴마크 동화작가 '한스 크리스티안 안데르센'이 지은 동화로 1843년 11월 11일에 발표했다.

*생각 팁 : 미운 오리 새끼의 이름을 지어 주세요.

Date   /   /

안데르센 동화 《미운 오리 새끼》
The Ugly Duckling

마지막 나온 새끼는 못생겨서 '미운 오리 새끼'라 불리며 농장의 동물들에게 따돌림을 당한다.
"꺼져! 우리랑 같이 놀지 마. 너는 너무 못생겼어."
"꼬꼬! 저 건 닭도 아니고 오리도 아니야. 쓸모없는 녀석이야."
어미 오리는 미운 오리 새끼를 보며 말한다.
"너도 내 새끼지만, 다른 애들과 어울리지 못하는구나."
미운 오리 새끼는 점점 외로움을 느끼며 생각한다.
"아무도 나를 이해해주지 않아. 나는 농장을 떠나야겠어."

그는 세상을 떠돌며 다양한 동물들과 만나지만,
어디에서도 따뜻한 환영을 받지 못한다.
들오리들도 싫어한다.
"너는 누구냐? 우리와는 어울릴 수 없어. 저리 가라."
"너는 너무 이상하게 생겼다. 여기서 머물러도 되지만, 우리와 어울리지는 마라."
사냥개는 미운 오리 새끼를 보고 지나간다.
"저건 먹을 만한 게 못 되겠다. 그냥 놔두자."
오리, 닭, 다른 동물들 모두 외모만 보고 그를 싫어한다.

*생각 팁 : 따돌림 당한 사람의 고통을 생각해 보세요.

Date / /

안데르센 동화 《미운 오리 새끼》
The Ugly Duckling

"나는 왜 이렇게 다른 걸까? 어디에도 내가 속할 곳이 없어."
미운 오리 새끼는 외로움과 상처를 느끼며 홀로 겨울을 나야 한다.
겨울이 지나고 봄이 오자, 미운 오리 새끼는 호수에서 아름다운 백조들을 발견한다.
"저 백조들은 정말 아름다워."
"나는 저들과 어울릴 수 없을 거야. 저리 가야겠어."

그러나 백조들은 미운 오리 새끼를 따뜻하게 맞이한다.
"어서 오세요! 당신은 우리와 같은 백조예요. 함께 어울려요."
미운 오리 새끼는 어울리고 싶지만, 자신이 못생겼다는 생각에 주저한다.

미운 오리 새끼는 물속에 비친 자신의 모습을 본다.
"이게 나야? 나는 못생긴 오리가 아니라 아름다운 백조였어!"
그는 자신이 백조로 성장했다는 사실을 깨닫습니다.
"당신은 항상 백조였어요. 이제 함께 날아요." [40]

---

40) 미운 오리 새끼는 자신의 진정한 나를 발견하고 행복을 찾는다.

*생각 팁 : 외모로 판단하여 실수한 일을 생각해 보세요

Date   /   /   /   95

안데르센 동화 《인어공주》
The Little Mermaid

인어공주는 바다에 사는 아름다운 인어로, 인간 세계에 대한 강한 호기심이 있습니다. 그녀는 인간의 사랑을 얻어 영원한 행복을 꿈꿉니다.

어느 날, 그녀는 인간 세계를 구경하기 위해 바다 위로 가기로 작정합니다. 15세가 되는 생일날 인어공주는 처음으로 바다 위로 올라갈 수 있는 허락을 받습니다.

바다 위로 올라가자, 달빛이 바다를 은빛으로 물들이고 있습니다. 인어공주는 그 아름다운 광경에 넋을 잃고 바라보았습니다. 그녀는 인간 세상의 아름다움에 마음이 끌렸습니다.

그녀는 수면 위로 떠 오르며 인간을 처음으로 목격합니다. 그녀는 아름다운 배 위에 있는 왕자를 보게 되고, 그의 아름다움과 우아함에 반합니다.

*생각 팁 : 인어공주의 모험에 대해서 생각해 보세요?

Date   /   /   /

안데르센 동화《인어공주》
The Little Mermaid

그러나 갑작스러운 폭풍우로 배가 난파되고, 왕자는 바다에 빠지게 됩니다. 폭풍우가 몰아치는 가운데, 인어공주는 힘겹게 왕자를 끌어올렸습니다.

그녀는 왕자의 생명을 구하기 위해 모든 힘을 다했습니다. 왕자는 눈을 감은 채로 있었지만, 인어공주는 그의 숨결을 느낄 수 있었습니다.

인어공주는 왕자를 구해 그를 해변까지 데려가지만, 자신이 인어라는 사실을 들키지 않기 위해 다시 바닷속으로 돌아갑니다.

*생각 팁 : 인어공주가 왕자를 왜 구했나요?

Date   /   /

99

안데르센 동화 《인어공주》
The Little Mermaid

인어공주는 인간 왕자를 사랑하게 되고, 인간이 되기로 작정하고 바다 마녀를 찾아갔습니다. 바다 마녀는 차가운 미소를 지으며 인어공주에게 말했습니다.

"너는 인간이 될 수 있다. 하지만 그 대가로 너의 아름다운 목소리를 나에게 주어야 한다. 그리고 네가 왕자의 사랑을 얻지 못한다면, 너는 바다의 거품이 되어 사라질 것이다."

인어공주는 무섭지만 선택했습니다.

"나는 그를 사랑해. 그의 세계로 가고 싶어. 아무리 고통스러워도 참을 거야."

인어공주는 왕자에 대한 사랑과 인간이 되고 싶은 열망으로 인해 마녀를 찾아가 목소리를 대가로 인간의 다리를 얻는 거래를 하게 됩니다. 이렇게 해서 그녀는 다시 바다 위로 올라가 인간 세계로 향하게 됩니다.

*생각 팁 : 인어공주가 마녀와 왜 거래를 했나요?

Date   /   /

안데르센 동화《인어공주》
The Little Mermaid

인어공주는 왕자에게 다가가지만, 목소리를 잃은 그녀는 자신의 사랑을 표현할 수 없습니다. 하지만 그녀는 왕자를 위해 춤을 추며 고통을 참아냅니다.

"내 발걸음마다 칼로 베는 듯한 고통이야. 하지만 그를 보는 것만으로도 난 행복해. 그가 나를 사랑해주지 않아도, 난 그를 위해 모든 걸 희생할 거야."

그러나 왕자는 다른 공주와 결혼하게 되고, 인어공주는 바다의 거품이 될 운명에 직면합니다. 그녀의 언니들은 바다 마녀에게서 얻은 칼을 주며, 왕자를 죽이면 다시 인어로 돌아갈 수 있다고 말합니다.

"이 칼로 왕자를 찔러라. 그의 피가 너의 발에 닿으면 너는 다시 인어가 될 것이다. 서둘러라, 해가 뜨기 전에!"

인어공주는 외칩니다.
"나는 그를 사랑해. 그를 죽일 수 없어. 내가 바다의 거품이 되어 사라져도, 난 그를 위해 이 고통을 견딜 거야."

*생각 팁 : 인어공주처럼 신체적, 심리적 고통을 겪은 적이 있나요?

Date   /   /   /

안데르센 동화 《인어공주》
The Little Mermaid

하지만 인어공주는 왕자를 죽이기를 거부합니다.
그녀는 왕자를 너무 사랑하기 때문에 그의 생명을 빼앗을 수 없었습니다. 그녀는 자신이 바다의 거품이 되어 사라지는 길을 선택합니다.

그녀는 칼을 바다에 던져버리고, 왕자와 그의 신부를 바라보며 바다로 뛰어듭니다. 인어공주는 왕자가 다른 여자와 결혼하는 것을 보며 마음이 찢어지는 듯한 아픔을 느낍니다.

그 순간, 그녀의 몸은 거품으로 변하기 시작합니다.

"나는 왕자를 위해 내 목숨을 바쳤습니다. 이제 나는 천사가 되어 선행을 통해 영혼을 얻을 것입니다."

*생각 팁 : 사랑하는 사람을 위해서 고통을 이겨낸 적이 있나요?

Date   /   /   /   **105**

안데르센 동화 《인어공주》
The Little Mermaid

인어공주는 바다의 거품이 되어 사라졌지만, 그녀의 영혼은 하늘로 올라갔습니다.

천사들이 그녀를 맞이하였습니다.
"너의 희생과 순수한 마음으로 너는 영원한 영혼을 얻었다."

그녀는 천사가 되었습니다.
그녀의 순수한 사랑과 희생은 하늘의 천사들로부터 사랑받았고, 그녀는 이제 영원한 행복을 찾을 수 있게 되었습니다.

*생각 팁 : 슬픈 사랑 이야기를 일상에서 찾아보세요.

Date / /

안데르센 동화《성냥팔이 소녀》
The Little Match Girl[41]

한 겨울날, 눈이 내리는 추운 거리였습니다.
사람들은 모두 따뜻한 집으로 돌아가고 있지만, 한 소녀가 홀로 거리를 배회하고 있습니다. 그 소녀는 발가벗은 발로 차가운 길을 걸어가며 성냥을 팔고 있습니다.

"성냥 사세요.~ 성냥 사세요.~
아무도 사 주시지 않네요. 오늘은 크리스마스이브인데
아무도 저를 돌봐주지 않아요."

"저기, 소녀야. 너 왜 이렇게 추운 날에 나와 있니?"
소녀는 눈물을 흘리며 말했습니다.
"성냥을 팔아야 해요. 오늘은 크리스마스이브인데, 아무도 사 주시지 않아요."
사람들은 무심했습니다.
"나는 바빠. 다른 사람에게 가봐."
아무도 그녀를 돌봐주지 않았습니다.

---

41) 이 작품의 기본적인 줄거리를 바탕으로 재구성하여 연극, 드라마, 애니메이션, 영화 등 여러 장르로 제작되었다. 연출가 의도에 따라 등장인물을 추가하거나 장면을 더 확장할 수 있다. 연극이나 공연을 준비한다면, 배우들의 연기와 음악, 무대 장치 등을 활용해 더 풍성한 공연을 만들 수 있다.

*생각 팁 : 어렵고 배고픈 사람의 심정을 생각해 보세요.

Date   /   /   /

안데르센 동화《성냥팔이 소녀》
The Little Match Girl

그녀는 점점 추위에 떨며 길가에 앉아
성냥을 켜기 시작했습니다.
"따뜻해지고 싶어... 조금만 따뜻해지고 싶어..."

소녀가 성냥을 켜자, 그 순간 따뜻한 난로가 나타났습니다.
"와, 난로다! 정말 따뜻해!"

성냥이 꺼지자 난로는 사라졌습니다.
소녀는 다시 성냥을 켰습니다.
"이번에는 무얼 볼 수 있을까?"

맛있는 음식이 가득한 식탁이 나타났습니다.
"음식이야! 배고팠는데... 정말 맛있겠다!"

*생각 팁 : 어려운 이웃을 돕는 일을 해보셨나요?

Date   /   /

안데르센 동화 《성냥팔이 소녀》
The Little Match Girl

하지만 성냥이 꺼지자 음식도 사라졌습니다.
소녀는 마지막 성냥을 켰습니다.

"이번에는... 할머니가 보여요!"
"내 사랑하는 아이야, 할머니와 함께 가자."
"할머니! 저를 데려가세요!"

소녀는 할머니를 따라 하늘로 올라갔습니다.
소녀는 더 이상 추위와 배고픔을 느끼지 않게 되었습니다.

*생각 팁 : 주변에서 외로운 소녀 일상에서 찾아보세요.

Date   /   /   /

안데르센 동화 《성냥팔이 소녀》
The Little Match Girl

다음 날 아침, 사람들은 길가에 쓰러진 소녀를 발견했어요.

"아이고, 이 아이는... 얼어 죽었구나."
"크리스마스 아침에 이런 일이... 정말 안타깝다."

그녀의 얼굴에는 미소가 가득했어요.
천국에서 소녀는 할머니와 따뜻하게 포옹했어요.
둘은 따뜻한 햇살 아래서 행복하게 지냈어요.

"이제 더는 추위와 배고픔을 느끼지 않아도 된다, 내 손녀야."
"네, 할머니. 이제 정말 행복해요" [42]

---

42) 소녀는 이미 할머니와 함께 천국에서 행복하게 지내고 있었다.

*생각 팁 : 외롭고 춥고 배고픈 느낌을 표현해 보세요.

Date   /   /

두 번째 단계
소 설
DAILY WRITING

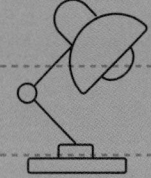
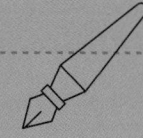

힐링과 문장력을 키우려는 당신이

손으로 읽어야 할 단 한 권의 노트

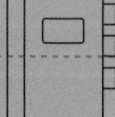

소설 novel

　소설은 인간의 삶, 사회, 감정 등을 허구적인 이야기로 풀어내는 문학 장르다. 사건을 서술하고 인물의 성격을 묘사함으로써 인간의 생활과 사회상을 표현하는 문학 형식이다.
　작가의 실제 경험이나 상상을 바탕으로 한 허구적 이야기인 단편소설은 분량이 적고 단순하지만 강한 이야기 구조를 갖고 있다.
　이 필사 노트의 소설 편에서는 염상섭, 윤동주, 현진건, 김유정 등 네 명의 작가가 남긴 명작 단편소설이나 수필에서 자연과 인간, 사랑과 욕망을 주제로 삼아 필사하기 좋은 단락을 선정했다.
　다음의 다섯 가지 특징을 기준으로 필사하기 좋은 단락을 골랐다.

1. 의미가 깊으면서도 간결한 문장.
2. 자연이나 감정을 섬세하게 표현한 문장.
3. 삶의 지혜를 담은 문장.
4. 등장인물의 마음을 울리는 감동적인 대화.
5. 은유나 비유가 포함된 문장.

　독자 여러분이 필사할 때 각 문장이 지닌 감정과 리듬에 집중해 보시기 바란다.

염상섭 《표본실의 청개구리》[43]

청개구리는 유리병 속에 갇혀 있었다.

그의 작은 몸은 불안하게 꿈틀거렸고, 유리 벽을 통해 보이는 세상은 낯설고 두려웠다.
실험실의 차가운 조명 아래, 청개구리는 자신의 자유를 잃은 채로 그저 관찰의 대상이 되어 있었다.

더운 김이 모락모락 나는 오장을 드러내고 칠성판에 자빠져 있는 개구리.

닭의 똥만 하게 오물오물[44]하는 심장과 폐가 하나씩 끌어 내어져 주정뱅이에 채워진다.
여기저기를 꾹꾹 찌르는 뾰족한 바늘 끝에 놀라 개구리는 진저리를 치며 발딱거린다.[45]

---

43) 이 소설은 3·1운동 직후, 1920년대 패배주의적 경향과 우울한 지식인의 고뇌를 오장을 빼앗기고 버르적거리는 표본실의 개구리의 모습으로 상징화한 이야기다. 1인칭 주인공 시점 '나'로 묘사하다, 친구 김창억을 내세워 그의 성격을 분석함과 동시에 인생의 어두운 면을 드러낼 때는 전지적 작가 시점으로 변화해 묘사된다.
44) 작은 벌레나 물고기 따위가 한군데에 많이 모여 자꾸 굼뜨게 움직이는 모양
45) 이 단락은 실험실에 놓인 청개구리의 고립감과 불안을 잘 묘사하고 있다.

*생각 팁 : 나의 반려동물의 행동을 묘사해 보세요.

윤동주 에세이 《달을 쏘다》[46]

번거롭던 사위[47]가 잠잠해지고 시계 소리가 또렷하나 보니 밤은 저윽히[48] 깊을 대로 깊은 모양이다. 보던 책자를 책상머리에 밀어 놓고 잠자리를 수습한 다음 잠옷을 걸치는 것이다.
"딱" 스위치 소리와 함께 전등을 끄고 창 녘의 침대에 드러누우니 이때까지 밝은 휘황한 달밤이었던 것을 감각지 못하였다. 이것도 밝은 전등의 혜택이었을까.

나의 누추한 방이 달빛에 잠겨 아름다운 그림이 된다는 것보다도 오히려 슬픈 선창[49]이 되는 것이다.
창살이 이마로부터 콧마루, 입술, 이렇게 하여 가슴에 여민 손등에까지 어른거려 나의 마음을 간지르는 것이다. 옆에 누운 분의 숨소리에 방은 무시무시해진다.
아이처럼 황황해지는 가슴에 눈을 치떠서 밖을 내다보니 가을 하늘은 역시 맑고 우거진 송림은 한 폭의 묵화[50]다.

---

46) 윤동주(尹東柱, 1917년 12월 30일~1945년 2월 16일)는 27살로 요절 한 일제강점기의 독립운동가, 시인, 작가이다. 연희전문학교에서 공부할 때 《달을 쏘다》 수필은 1938년 쓴 학교생활을 소재로 한 산문이다.
47) 사위 四圍 : 사방(四方)의 둘레
48) 부사 적이 (적이) : 꽤 어지간한 정도로
49) 선창 船艙 : 물가에 다리처럼 만들어 배가 닿을 수 있게 한 곳
50) 송림(松林 소나무가 우거진 숲)은 한 폭의 묵화(墨畵 먹으로 짙고 엷음을 이용하여 그린 그림)

*생각 팁 : 집에서 본 달밤을 생생하게 묘사해 보세요

Date / /

윤동주 에세이 《달을 쏘다》

달빛은 솔가지에, 솔가지에 쏟아져 바람인 양 쏴—소리가 날 듯하다. 들리는 것은 시계 소리와 숨소리와 귀또리[51] 울음뿐 벅적대던 기숙사도 절간보다 더한층 고요한 것이 아니냐?

나는 깊은 사념[52]에 잠기 우기 한창이다. 딴은 사랑스런 아가씨를 사유[53]할 수 있는 아름다운 상화[54]도 좋고, 어릴 적 미련을 두고 온 고향에의 향수[55]도 좋거니와 그보다 손쉽게 표현 못 할 심각한 그 무엇이 있다.

바다를 건너온 H군의 편지 사연을 곰곰 생각할수록 사람과 사람 사이의 감정이란 미묘한 것이다. 감상적인 그에게도 필연코 가을은 왔나 보다.

51) 귀뚜라미
52) 사념 思念 : 근심하고 염려하는 따위의 여러 가지 생각
53) 사유 私有 : 개인이 소유함
54) 상화 想華 : 꽃같이 고운 서릿발(땅속의 물이 얼어 기둥 모양으로 솟아오른 것. 또는 그것이 뻗는 기운)
55) 향수 鄕愁 : 고향을 그리워하는 마음이나 시름

*생각 팁 : 친구에게 나의 사연을 담은 편지를 써 보세요.

Date   /   /   /

윤동주 에세이 《달을 쏘다》

편지는 너무나 지나치지 않았던가. 그중 한 토막,

"군아, 나는 지금 울며, 울며 이 글을 쓴다. 이 밤도 달이 뜨고, 바람이 불고, 인간인 까닭에 가을이란 흙냄새도 안다. 정의 눈물, 따뜻한 예술학도였던 정의 눈물도 이 밤이 마지막이다."

또 마지막 칸으로 이런 구절이 있다.
"당신은 나를 영원히 쫓아버리는 것이 정직할 것이오."
나는 이 글의 뉘앙스를 해득[56] 할 수 있다. 그러나 사실 나는 그에게 아픈 소리 한마디 한 일이 없고 설운[57]글 한쪽 보낸 일이 없지 아니한가.

생각건대, 이 죄는 다만 가을에게 지워 보낼 수밖에 없다.

---

56) 해득 解得 : 뜻을 깨쳐 앎.
57) 원통하고 슬프다.
*생각 팁 : 나의 달밤을 누군가에게 편지글로 묘사해 보세요.

Date / /

윤동주 에세이 《달을 쏘다》

홍안서생[58]으로 이런 단안[59]을 내리는 것은 외람한 일이나 동무란 한낱 괴로운 존재요, 우정이란 진정코 위태로운 잔에 떠놓은 물이다.
이 말을 반대할 자 누구랴. 그러나 지기[60] 하나 얻기 힘들다 하거늘 알뜰한 동무 하나 잃어버린다는 것이 살을 베어내는 아픔이다.

나는 나를 정원에서 발견하고 창을 넘어 나왔다든가 방문을 열고 나왔다든가 왜 나왔느냐 하는 어리석은 생각에 두뇌를 괴롭게 할 필요는 없는 것이다.

다만 귀뚜라미 울음에도 수줍어지는 코스모스 앞에 그윽이 서서 닥터 빌링스의 동상 그림자처럼 슬퍼지면 그만이다. 나는 이 마음을 아무에게나 전가시킬 심보는 없다. 옷깃은 민감이어서 달빛에도 싸늘히 추워지고 가을 이슬이란 선득선득하여서 설운 사나이의 눈물인 것이다.

58) 홍안紅顔 서생書生 : 유학을 공부하는 사람, 글만 읽어 세상일에 서투른 선비를 비유적으로 이르는 말
59) 단안 斷案 : 옳고 그름을 판단함
60) 지기 知己 : 자기의 속마음을 참되게 알아주는 친구

*생각 팁 : 나의 정원을 생생하게 묘사해 보세요.

Date   /   /   /

윤동주 에세이 《달을 쏘다》

발걸음은 몸뚱이를 옮겨 못가에 세워 줄 때 못 속에도 역시 가을이 있고, 삼경[61]이 있고, 나무가 있고, 달이 있다.

그 찰나 가을이 원망스럽고 달이 미워진다.
더듬어 돌을 찾아 달을 향하여 죽으라고 팔매질을 하였다.
통쾌! 달은 산산이 부서지고 말았다.
그러나 놀랐던 물결이 잦아들 때 오래잖아,
달은 도로 살아난 것이 아니냐.
문득 하늘을 쳐다보니 얄미운 달은 머리 위에서 빈정대는 것을…
나는 곳곳한 나뭇가지를 고나[62] 띠를 째서 줄을 매어 훌륭한 활을 만들었다.
그리고 좀 탄탄한 갈대로 화살을 삼아 무사의 마음을 먹고 달을 쏘다.

---

61) 삼경 三更 : 하룻밤을 오경(五更)으로 나눈 셋째 부분. 밤 열한 시에서 새벽 한 시 사이이다.
62) 고니 : 골라

Date / /

현진건 《운수 좋은 날》

새침하게 흐린 품[63]이 눈이 올 듯하더니 눈은 아니 오고 얼다가 만 비가 추적추적 내리는 날이었다. 이날이야말로 동소문 안에서 인력거꾼 노릇을 하는 김 첨지에게는 오래간만에도 닥친 운수 좋은 날이었다.

문안에 들어간답시는 앞집 마나님을 전찻길까지 모셔다드린 것을 비롯으로 행여나 손님이 있을까 하고 정류장에서 어정어정하며 내리는 사람 하나 하나에게 거의 비는 듯한 눈결을 보내고 있다가 마침내 교원인 듯한 양복쟁이를 동광학교[64]까지 태워다 주기로 되었다.

---

[63] 일을 하는 데 드는 수고를 말한다. 김 첨지가 평소보다 많은 '품'을 팔게 되는 것은 그의 '운수 좋은 날'을 상징한다. 하지만 이는 결국 비극적 아이러니Irony(의도했던 것과 상반적인 결과가 나온 상황)로 끝난다.

[64] 동광학원(東光學校)은 당시 서울의 중심가로, 지금의 종로2가 위치이다.

*생각 팁 : 나의 운수 좋은 날을 묘사해 보세요.

현진건 《운수 좋은 날》

첫 번에 삼십 전, 둘째 번에 오십 - 아침 댓바람에 그리 흉치 않은 일이었다. 그야말로 재수가 옴 붙어서 근 열흘 동안 돈 구경도 못한 김 첨지는 십 전짜리 백동화 서 푼, 또는 다섯 푼이 찰깍하고 손바닥에 떨어질 제 거의 눈물을 흘릴 만큼 기뻤었다.

더구나 이날 이때에 이 팔십 전이라는 돈이 그에게 얼마나 유용한지 몰랐다. 컬컬한 목에 모주 한 잔도 적실 수 있거니와 그보다도 앓는 아내에게 설렁탕 한 그릇도 사다 줄 수 있음이다.

*생각 팁 : 주변을 관찰해 운수 좋은 순간을 묘사해 보세요.

Date / /

현진건 《운수 좋은 날》

아내는 병석에 누워서 신음[65] 소리를 내고 있었다.
그 신음소리는 김 첨지의 가슴을 찢는 듯이 아팠다.
그는 아내의 얼굴을 바라보았다.
아내의 얼굴은 파리한 빛이 돌았고, 눈은 깊이 꺼져 있었다.

아내는 고통스러워하면서도 김 첨지를 바라보며 눈물을 흘렸다.
"나는 죽어도 좋아."
"하지만 아이들만은… 아이들만은…"
아내의 목소리는 가늘고 떨렸다.[66]

---

65) 앓는 소리를 냄. 또는 그 소리
66) 이 단락은 아내의 신음과 고통, 그리고 가족에 대한 애틋한 마음을 잘 드러내고 있다. 김 첨지의 무력감과 절망이 아내의 고통과 함께 더욱 깊이 느껴진다.

*생각 팁 : 주변을 관찰해 고통스러운 순간을 묘사해 보세요.

Date   /   /   /

김유정 《동백꽃》[67]

오늘도 또 우리 수탉이 막 쫓기었다. 내가 점심을 먹고 나무를 하러 갈 양으로 나올 때이었다. 산으로 올라서려니까 등 뒤에서 푸드득 푸드득 하고 닭의 횃소리[68]가 야단이다. 깜짝 놀라서 고개를 돌려 보니 아니나 다르랴 두 놈이 또 얼리었다.[69]

이번에도 점순이가 쌈을 붙여 놨을 것이다. 바짝바짝 내 기를 올리 느라고[70] 그랬음에 틀림없을것이다. 고놈의 계집애가 요새로 들어서 왜 나를 못 먹겠다고 고렇게 아르렁거리는지 모른다.
나흘 전 감자건만 하더라도 나는 저에게 조금도 잘못한 것은 없다.

---

67) 이 소설은 농촌에서 살아가는 소년, 소녀의 순박한 사랑 이야기를 그려 내고 있다. 사건은 시간이 역전하는 역순행적 구성으로 전개한다. 소녀는 마름의 딸이며 소년은 소작인의 아들이다. 동백꽃은 붉은색의 동백꽃이 아니라 생강나무의 노란 꽃을 말한다. 강원도에서는 생강나무를 동백꽃이라고 부른다.

68) 날갯짓하며 탁탁 치는 소리

69) 서로 얽혀 한 덩어리가 되었다.

70) 내 화를 돋우느라고

김유정 《동백꽃》

계집애가 나물을 캐러 가면 갔지 남 울타리 엮는 데 쌩이질[71]을 하는 것은 다 뭐냐. 그것도 발소리를 죽여 가지고 등 뒤로 살며시 와서,
"얘! 너 혼자만 일하니?"
하고 긴치 않는 수작을 하는 것이다.

어제까지도 저와 나는 이야기도 잘 않고 서로 만나도 본척만척하고 이렇게 점잖게 지내던 터이련만 오늘로 갑작스레 대견해졌음은 웬일인가.
항차[72] 망아지만 한 계집애가 남 일하는 놈 보구….

71) 한창 바쁠 때에 쓸데없는 일로 남을 귀찮게 구는 짓
72) 하물며
*생각 팁 : 나와 점순이가 사는 마을을 그려 보세요.

Date   /   /   /

김유정 《동백꽃》

"그럼 혼자 하지 떼[73]루 하디?"
 내가 이렇게 내뱉는 소리를 하니까,
"너 일하기 좋니?"
 또는,
"한여름이나 되거든 하지 벌써 울타리를 하니?"
잔소리를 두루 늘어놓다가 남이 들을까 봐 손으로 입을 틀어막고는 그 속에서 깔깔댄다.
별로 우스울 것도 없는데 날씨가 풀리더니 이놈의 계집애가 미쳤나 하고 의심하였다.
게다가 조금 뒤에는 제 집께를 할금할금[74] 돌아보더니 행주치마의 속으로 꼈던 바른손을 뽑아서 나의 턱밑으로 불쑥 내미는 것이다. 언제 구웠는지 더운 김이 홱 끼치는 굵은 감자 세 개가 손에 뿌듯이 [75] 쥐였다.

73) 목적이나 행동을 같이하는 무리.
74) 곁눈으로 살그머니 계속 할겨 보는 모양.
75) 집어넣거나 채우는 것이 한도보다 조금 더하여 불룩하게
*생각 팁 : 나와 점순이의 갈등이 되었던 소재를 찾아보세요.

Date   /   /

김유정 《동백꽃》

"느 집엔 이거 없지?"
하고 생색 있는 큰소리를 하고는 제가 준 것을 남이 알면은 큰일 날테니 여기서 얼른 먹어 버리란다. 그리고 또 하는 소리가,
"너 봄 감자가 맛있단다."
"난 감자 안 먹는다. 너나 먹어라."
나는 고개도 돌리지 않고 일하던 손으로 그 감자를 도로 어깨 너머로 쑥 밀어 버렸다.
그랬더니 그래도 가는 기색이 없고, 뿐만 아니라 쌔근쌔근[76]하고 심상치 않게 숨소리가 점점 거칠어진다. 이건 또 뭐야 싶어서 그때에야 비로소 돌아다보니 나는 참으로 놀랐다.

76) 고르지 아니하고 가쁘게 자꾸 숨 쉬는 소리를 내고
*생각 팁 : 나와 점순이의 마음 상태를 생각해 보세요.

Date   /   /   /   **143**

김유정《동백꽃》

우리가 이 동네에 들어온 것은 근 삼 년째 되어 오지만 여태껏 가무잡잡한 점순이의 얼굴이 이렇게까지 홍당무처럼 새빨개진 법이 없었다. 게다 눈에 독을 올리고 한참 나를 요렇게 쏘아보더니 나중에는 눈물까지 어리는 것이 아니냐.
그리고 바구니를 다시 집어 들더니 이를 꼭 악물고는 엎더질 듯 자빠질 듯 논둑으로 횡하게[77] 달아나는 것이다.
어쩌다 동리 어른이,
"너 얼른 시집을 가야지?" 하고 웃으면,
"염려 마서유. 갈 때 되면 어련히 갈라구!"
이렇게 천연덕스레 받는 점순이었다.

본시 부끄럼을 타는 계집애도 아니거니와 또한 분하다고 눈에 눈물을 보일 얼병이[78]도 아니다. 분하면 차라리 나의 등어리를 바구니로 한번 모질게 후려 쌔리고 달아날지언정. 그런데 고약한 그 꼴을 하고 가더니 그 뒤로는 나를 보면 잡아먹으려고 기를 복복 쓰는 것이다.

77) '횡하니'를 예스럽게 이르는 말 증도에서 지체하지 아니하고 곧장 빠르게 가는 모양.
78) '얼뜨기'의 방언. 어리숙하거나 서툴고, 세련되지 못한 사람을 이르는 말
*생각 팁 : 나와 점순이의 얼굴을 그려 보세요.

Date / /

김유정《동백꽃》

나는 점순네 수탉이 노는 밭으로 가서 닭을 내려놓고 가만히 맥을 보았다. 두 닭은 여전히 얼리어 쌈을 하는데 처음에는 아무 보람이 없었다. 멋지게 쪼는 바람에 우리 닭은 또 피를 흘리고 그러면서도 날갯죽지만 푸드득 푸드득하고 올라 뛰고 뛰고 할 뿐으로 제법 한 번 쪼아 보지도 못한다.

나는 보다 못하여 덤벼들어서 우리 수탉을 붙들어 가지고 도로 집으로 들어왔다. 고추장을 좀 더 먹였더라면 좋았을 걸, 너무 급하게 쌈을 붙인 것이 퍽 후회가 난다. 장독께로 돌아와서 다시 턱밑에 고추장을 들이댔다. 흥분으로 말미암아 그런지 당최 먹질 않는다.

*생각 팁 : 나와 점순이의 갈등을 닭싸움으로 표현해 보세요.

Date   /   /   /

김유정 《동백꽃》

나는 하릴없이 닭을 반듯이 눕히고 그 입에다 궐련 물부리[79]를 물리었다. 그리고 고추장 물을 타서 그 구멍으로 조금씩 들여 부었다. 닭은 좀 괴로운지 킥킥하고 재채기를 하는 모양이나 그러나 당장의 괴로움은 매일 같이 피를 흘리는 데 댈 게 아니라 생각하였다.

그랬던 걸 이렇게 오다 보니까 또 쌈을 붙여 놓으니 이 망할 계집애가 필연 우리 집에 아무도 없는 틈을 타서 제가 들어와 홰에서 꺼내 가지고 나간 것이 분명하다.
나는 다시 닭을 잡아다 가두고 염려스러우나 그렇다고 산으로 나무를 하러 가지 않을 수도 없는 형편이었다.

79) 얇은 종이로 가늘고 길게 말아놓은 담배 / 담배를 끼워서 빠는 물건

Date / /   149

김유정 《동백꽃》

소나무 삭정이[80]를 따며 가만히 생각해 보니 암만해도 고년의 목정강이를 돌려놓고 싶다. 이번에 내려가면 망할 년 등줄기를 한번 되게 후려치겠다 하고 싱둥겅둥[81] 나무를 지고는 부리나케 내려왔다.

거지반 집에 다 내려와서 나는 호드기[82] 소리를 듣고 발이 딱 멈추었다. 산기슭에 널려 있는 굵은 바윗돌 틈에 노란 동백꽃[83]이 소보록하니 깔리었다. 그 틈에 끼어 앉아서 점순이가 청승맞게시리 호드기를 불고 있다.

그보다 더 놀란 것은 고 앞에서 또 푸드득, 푸드득, 하고 들리는 닭의 횃소리다. 필연코 요년이 나의 약을 올리느라고 또 닭을 집어내다가 내가 내려올 길목에다 쌈을 시켜놓고 저는 그 앞에 앉아서 천연스레 호드기를 불고 있음에 틀림없으리라.

80) 말라 죽은 가지
81) 무언가 마음에 차지 않는 태도
82) 봄철에 물 오른 버드나무 가지의 껍질을 고루 비틀어 뽑은 껍질이나 짤막한 밀짚 토막 따위로 만든 피리
83) 3월에 피는 작고 노란 생강나무의 꽃을 말함. 사투리로 '동박꽃'이라고 부른다.

*생각 팁 : 나와 점순이의 갈등이 잘 묘사된 문장을 골라보세요.

Date / / /

151

김유정《동백꽃》

가차이[84] 와 보니 과연 나의 짐작대로 우리 수탉이 피를 흘리고 거의 빈사지경[85]에 이르렀다. 닭도 닭이려니와 그러함에도 불구하고 눈 하나 깜짝 없이 고대로 앉아서 호드기만 부는 그 꼴에 더욱 치가 떨린다. 동네에서도 소문이 났거니와 나도 한때는 걱실걱실히[86] 일 잘 하고 얼굴 예쁜 계집애인 줄 알았더니 시방 보니까 그 눈깔이 꼭 여우 새끼 같다.

나는 대뜸 달려들어서 나도 모르는 사이에 큰 수탉을 단매[87]로 때려 엎었다. 닭은 푹 엎어진 채 다리 하나 꼼짝 못 하고 그대로 죽어 버렸다. 그리고 나는 멍하니 섰다가 점순이가 매섭게 눈을 홉뜨고 닥치는 바람에 뒤로 벌렁 나자빠졌다.
"이놈아! 너 왜 남의 닭을 때려죽이니?"
"그럼 어때?"
하고 일어나다가,
"뭐 이 자식아! 누 집 닭인데?"
하고 복장[88]을 떠미는 바람에 다시 벌렁 자빠졌다.

84) 가까이
85) 거의 죽게 된 처지나 형편
86) 성질이 너그러워 말과 행동을 시원스럽게 하는 모양
87) 단 한 번 때리는 매
88) 가슴의 한복판

*생각 팁 : '나' 가 놀란 표정을 그려 보세요.

Date / /

김유정《동백꽃》

그러고 나서 가만히 생각하니 분하기도 하고 무안스럽고, 또 한편 일을 저질렀으니, 인젠 땅이 떨어지고 집도 내쫓기고 해야 되는지 모른다.
나는 비슬비슬 일어나며 소맷자락으로 눈을 가리고는, 얼김[89]에 엉 하고 울음을 놓았다. 그러나 점순이가 앞으로 다가와서,
"그럼 너 이다음부턴 안 그럴 테냐?"
하고 물을 때에야 비로소 살길을 찾은 듯싶었다.
나는 눈물을 우선 씻고 뭘 안 그러는지 명색[90]도 모르건만,
"그래!" 하고 무턱대고 대답하였다.
"요담부터 또 그래 봐라, 내 자꾸 못살게 굴 테니."
"그래그래 이젠 안 그럴 테야!"
"닭 죽은 건 염려 마라, 내 안 이를 테니."
그리고 뭣에 떠다밀렸는지 나의 어깨를 짚은 채 그대로 퍽 쓰러진다.[91]

89) 어떤 일이 벌어지는 바람에 자기도 모르게 정신이 얼떨떨한 상태
90) 겉으로 내세우는 구실
91) 점순이가 '나'의 어깨를 밀어 쓰러뜨린 것을 뭣에 떠다밀렸지로 표현함으로써 '나'가 아직도 점순이의 애정 표현을 제대로 이해하고 있지 못함을 드러냄

*생각 팁 : 점순이의 마음 상태를 생각해 보세요.

Date / /

김유정 《동백꽃》

그 바람에 나의 몸뚱이도 겹쳐서 쓰러지며, 한창 피어 퍼드러진 노란 동백꽃 속으로 폭 파묻혀 버렸다.[92]
알싸한, 그리고 향긋한 그 냄새에 나는 땅이 꺼지는 듯이 온 정신이 고만 아찔하였다.
"너 말 마라!"
"그래!"
조금 있더니 요 아래서,
"점순아! 점순아! 이년이 바느질을 하다 말구 어딜 갔어?"
하고 어딜 갔다 온 듯싶은 그 어머니가 역정이 대단히 났다.

점순이가 겁을 잔뜩 집어먹고 꽃 밑을 살금살금 기어서 산 아래로 내려간 다음 나는 바위를 끼고 엉금엉금 기어서 산 위로 치빼지 않을 수 없었다.

[92] 점순네 닭을 죽인 후 점순이와 화해하고 함께 동백꽃 무더기에 파묻힘

*생각 팁 : 나와 점순이가 화해 순간, 그 느낌을 적어 보세요.

Date   /   /   /

《동백꽃》 배경으로 묘사

산길은 동백꽃이 흐드러지게 피어 있었다. 꽃잎은 바람에 날려 흩어지며, 마치 땅에 내리는 눈송이 같았다.[93]

마을은 고요했다. 동백꽃이 피어 있는 골짜기에서 흘러나오는 개울물 소리만이 마을의 적막을 깨는 듯했다.[94]

동백나무 아래 앉아 있노라면, 꽃잎이 어깨에 살며시 내려앉았다. 마치 봄이 나에게 속삭이는 것 같았다.[95]

골짜기는 동백꽃으로 가득 차 있었다. 붉은 꽃잎이 푸른 잎사귀 사이로 빛나며, 마치 세상의 모든 아름다움이 그곳에 모인 듯했다.[96]

바람이 불어오면 동백꽃 잎이 흩날렸다. 꽃잎은 공중에서 춤을 추며, 마치 봄의 축제를 벌이는 듯했다.[97]

개울가에는 동백꽃 잎이 떠내려가고 있었다. 물결에 실려 흐르는 꽃잎은 마치 봄의 편지를 전하는 듯했다.[98]

[93] 동백꽃이 만발한 산길의 아름다움을 눈송이에 비유한 시적 묘사
[94] 고요한 마을과 자연의 소리가 조화를 이루는 평화로운 풍경
[95] 동백꽃과 자연이 주는 따뜻한 위로를 느낄 수 있는 순간
[96] 동백꽃의 화려함과 자연의 풍요로움이 어우러진 풍경
[97] 동백꽃 잎의 유연한 움직임을 춤에 비유한 생동감 넘치는 묘사
[98] 흐르는 물과 동백꽃 잎의 조화로움을 편지에 비유한 서정적 표현

*생각 팁 : 배경을 담은 동백꽃, 산길, 개울물 같은 단어를 캘리그래피로 써 보세요.

Date / / /

《동백꽃》 인물로 묘사

나는 그녀를 바라보며 마음이 어지러웠다. 그녀의 미소는 동백꽃처럼 아름답고 순수했지만, 그 속에는 깊은 슬픔이 숨어 있는 것 같았다.[99]

나는 동백꽃이 만발한 산길을 걷다가 그녀를 만났다.
그녀는 동백꽃 아래 서 있었다. 붉은 꽃잎이 그녀의 검은 머리카락에 스치며, 마치 그림 속에 나오는 요정 같았다.[100]

그녀의 눈은 깊은 골짜기의 물처럼 맑았다. 하지만 그 속에는 무언가 말로 표현할 수 없는 깊은 그리움이 서려 있었다.[101]

그녀는 나를 보며 미소를 지었다. 그 미소는 동백꽃이 피어나는 것처럼 따뜻했지만, 그 속에는 쓸쓸함이 묻어 있었다.[102]

나는 그녀가 없는 세상이 얼마나 외로울지 생각했다. 동백꽃이 지고 나면, 나는 다시 혼자가 될 것이다.[103]

그녀의 목소리는 개울물처럼 맑고 부드러웠다. 하지만 그 속에는 슬픔의 물결이 잔잔히 흐르고 있었다.[104]

---

99) 주인공의 혼란스러운 심리와 상대방에 대한 애틋한 감정이 드러납니다.
100) 소녀의 순수하고 아름다운 모습을 자연과 조화시켜 묘사
101) 소녀의 내면에 숨겨진 슬픔과 그리움을 물에 비유한 감성적 묘사
102) 미소 속에 숨겨진 쓸쓸함과 외로움을 동백꽃의 이미지로 형상화
103) 이별에 대한 두려움과 외로움을 동백꽃의 생명 주기에 비유
104) 소녀의 목소리를 자연의 소리와 연결시켜 감정을 더욱 풍부하게 표현

Date / /

《동백꽃》 감정으로 묘사

그녀는 나를 보며 미소를 지었다.
그 미소는 동백꽃처럼 아름답고 순수했지만,
그 속에는 깊은 슬픔이 숨어 있는 것 같았다.[105]

나는 그녀에게 다가가 말을 걸고 싶었지만,
입이 떨어지지 않았다. 마치 동백꽃 잎이 바람에 흩날리듯,
내 마음도 흔들리고 있었다.[106]

그녀의 눈에는 깊은 슬픔이 서려 있었다. 나는 그 슬픔을 덜어주고
싶었지만, 어떻게 해야 할지 몰라 막막했다.[107]

나는 그녀가 떠날까 봐 두려웠다.
동백꽃이 지고 나면, 나는 다시 혼자가 될 것이다.
그 생각만으로도 가슴이 답답했다.[108]

그녀는 나를 보며 마지막 미소를 지었다.
그 미소는 동백꽃이 지는 것처럼 아름답고 슬펐다.
그리고 그녀는 조용히 사라졌다.[109]

105) 동백꽃이 만발한 산길의 아름다움을 눈송이에 비유한 시적 묘사
106) 고요한 마을과 자연의 소리가 조화를 이루는 평화로운 풍경
107) 동백꽃과 자연이 주는 따뜻한 위로를 느낄 수 있는 순간
108) 동백꽃의 화려함과 자연의 풍요로움이 어우러진 풍경
109) 동백꽃 잎의 유연한 움직임을 춤에 비유한 생동감 넘치는 묘사

*생각 팁 : 나의 감정을 키워서 그 느낌을 묘사해 보세요.

《동백꽃》 상상으로 묘사

그녀는 동백나무 아래 서 있어, 마치 그림 속에 나오는 요정 같았다. 붉은 꽃잎이 그녀의 검은 머리카락에 스치며, 그 순간 나는 마치 동화 속에 들어온 듯한 느낌이 들었다.[110]

바람이 불어오면 동백꽃 잎이 흩날렸다. 꽃잎은 공중에서 춤을 추며, 마치 나의 꿈도 함께 흩날리는 듯했다.[111]

개울가에는 동백꽃 잎이 떠내려가고 있었다. 물결에 실려 흐르는 꽃잎은 마치 봄의 편지를 전하는 듯했다. 나는 그 편지를 받아들여, 상상 속에서 그녀와 대화를 나누었다.[112]

동백꽃이 피어난 들판은 마치 축제 현장 같았다.
꽃잎들은 춤을 추고, 바람은 음악을 연주하며,
나는 그 축제의 중심에 서 있는 듯한 기분이 들었다.[113]

110) 소녀를 요정으로 상상하며 동화 같은 순간을 묘사
111) 동백꽃 잎의 움직임을 꿈에 비유한 상상적 묘사
112) 동백꽃 잎을 편지로 상상하며 소녀와의 대화를 꿈꾸는 순간
113) 동백꽃이 만발한 풍경을 축제로 상상하며 환상적인 분위기를 묘사

*생각 팁 : 상상을 담은 사랑, 이별, 슬픔 등을 캘리그래피로 강조해 보세요.

Date / /

세 번째 단계
문 장
DAILY WRITING

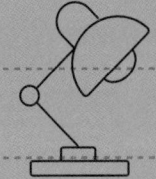
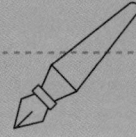

힐링과 문장력을 키우려는 당신이

손으로 읽어야 할 단 한 권의 노트

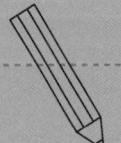
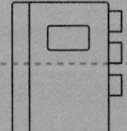

문장의 기능과 구조

문장은 언어의 기본 단위로, 생각을 표현하고 의사를 전달하는 기능을 하며 창작과 소통의 기본 도구입니다. 문장은 생각, 감정, 정보를 전달하는 의사소통, 주장이나 설명을 체계적으로 표현하는 논리전개, 그리고 기쁨, 슬픔, 분노 등을 언어로 나타내는 감정표현과 문학, 시, 소설 등의 작품에서 이야기 구성 등 4가지 기능을 수행합니다.

문장은 주어, 서술어, 보어, 목적어, 수식어 등으로 구성되며, 문장의 구조는 3가지 구분됩니다.

첫 번째는 단문으로 하나의 주어와 서술어로 이루어진 간단한 문장입니다. "나는 달린다."

두 번째는 복문으로 두 개 이상의 주어와 서술어가 포함된 문장입니다. "나는 책을 읽고, 친구는 음악을 듣는다."

세 번째는 겹문으로 여러 문장이 연결된 긴 문장입니다. "나는 책을 읽고, 친구는 음악을 들으며, 우리는 시간을 보냈다."

좋은 문장을 쓰는 능력은 글쓰기와 말하기에서 큰 힘이 됩니다. 문장력은 필사 연습을 통해 점점 발전할 수 있는 능력입니다.

문장력[114]

문장력은 단순히 문법적으로 옳은 문장을 쓰는 것을 넘어, 독자에게 메시지와 공감력 그리고 창작력의 기본이 되는 문단과 문체[115]의 표현력을 말합니다. 글쓰기에서 문장력이 중요한 이유는 의사소통력, 공감력, 창작력 등 세 가지로 정리됩니다.

첫 번째는 명확하고 효과적인 문장은 독자에게 메시지를 정확히 전달합니다. 메시지는 의사소통의 핵심이기 때문입니다.

두 번째는 독자에 대한 공감력입니다. 감동적이고 생동감 있는 문장은 독자의 마음을 움직입니다.

세 번째는 문단과 문체는 작가의 창작력에 원동력이 됩니다. 좋은 문단과 문체는 소설, 시, 에세이 등 모든 창작물의 기본입니다.

---

114) 문장력(文章力)의 사전적 의미는 문장을 효과적으로 구성하고 표현하는 능력을 말한다. 글쓰기에서 생각이나 감정을 명확하고 논리적이며 매력적으로 전달하는 기술적 역량을 의미하기도 한다. 표현력은 생각이나 감정을 언어로 구현하는 능력이다. 구성력은 글의 구조를 체계적으로 설계하는 능력이다. 어휘력은 풍부한 단어를 활용해 정교하게 표현하는 능력이다.

115) 문체는 개성 있는 문장 표현을 말한다. 보통 간결한 문체, 우아한 문체, 유머러스한 문체 등으로 표현한다. 문단은 여러 문장이 모여 하나의 주제를 다루는 단위이다.

*생각 팁: 나의 글의 문장력에서 부족한 부문을 생각해 보세요.

좋은 문장

좋은 문장은 명확성, 논리성, 생동감, 감정 전달, 문체 등 다섯 가지 요소 갖고 있습니다.

1. 명확성은 생각을 간결하고 쉽게 전달하는 능력입니다.

 간결 예시로 "나는 조조 영화를 보았는데, 그 영화는 너무 지루했다."를 "내가 본 조조 영화는 너무 지루했다."로 쉽게 표현합니다.

2. 논리성은 문장과 문단 사이의 흐름이 자연스럽고 체계적인 연결성을 말합니다. 이것은 문장의 리듬과 반복으로 다양하게 독자의 주의를 끌게 하는 것입니다. 짧은 문장과 긴 문장 조합으로 문장들의 리듬을 만듭니다.

반복 예시로 "그는 달렸다. 정말로 달렸다."로 달리는 것을 강조합니다.

좋은 문장

3. 생동감은 비유, 수식어, 의성어, 의태어 등을 활용해 글에 활기를 불어넣는 기술을 말합니다. 형용사와 부사를 사용해 풍부한 문장을 만듭니다.

비유 예시로 "바람이 불었다."를 "가을 바람이 나뭇가지 사이를 스치며 속삭였다."로, 수식어 예시로 "꽃이 피었다."를 "아름다운 꽃이 화사하게 피어났다."로 문장이 기운이 생깁니다.

4. 감정 전달은 독자의 마음을 움직이는 감성적 표현력을 말합니다.
감정 예시로 "그녀는 울었다."를 "그녀의 눈물이 뺨을 타고 조용히 흘러내렸다."로 독자의 마음을 움직입니다.

5. 문체는 개성 있는 어조와 표현 방식을 말합니다.

"바람은 창문 틈새로 스며들어 책장을 넘기고, 차가운 공기가 목덜미를 스칠 때마다 겨울이 왔음을 실감했다." [116]

---

[116] 위 겹문장은 구체적 공간의 이미지와 감각적 묘사로 독자의 상상력을 자극하는 문장력이 풍부한 글이다. "날씨가 추웠다. 나는 감기 걸렸다." 이 문장은 단순한 서술로 감정이나 분위기가 전달되지 않은 문장력이 부족한 글이다.

*생각 팁 : 나의 글에 부족한 문장 요소를 생각해 보세요.

Date / / /

문장력의 7가지 요소

문장력은

독자에게 들려주는 글,
말하는 듯이 표현한 문장,
쉬운 문장,
문장들이 연결되는 단락,
리듬이 있는 문장,
오감을 자극하는 문장,
느낌이 있는 문장 등

7가지 요소가 문장과 단락에 잘 표현하는 능력을 말합니다.[117]

---

117) 이야기를 쓸 때 문장력의 7가지 요소를 생각하며 필사하면 쉽고 명료한 문장을 익힐 수 있다.

*생각 팁 : 나의 문장력을 높이는 루틴에 대해서 생각해 보세요.

Date / / /

문장력의 7가지 요소

1. 독자에게 들려주는 예시글입니다.

동화소설의 명문을 필사하며 시간을 보내고 있다니, 참으로 의미 있는 시간을 갖고 계십니다. 필사는 단순히 글을 옮겨 적는 행위를 넘어, 그 속에 담긴 감정과 이야기를 마음속 깊이 새기는 과정입니다. 동화와 소설의 아름다운 문장을 하나하나 따라 적으며, 어릴 적 꿈꾸던 마법 같은 세계로 다시 한번 빠져들고 계신 건 아닐까요? 그 과정에서 얻은 위로와 영감이 당신의 일상에 따뜻한 빛이 되기를 바랍니다.

필사는 마음을 가다듬고, 생각을 정리하는 시간이기도 합니다. 동화 속 주인공들의 모험과 성장을 따라가며, 당신도 새로운 용기와 희망을 발견할 수 있을지도 모릅니다. 앞으로도 이 아름다운 습관을 통해 더 많은 이야기와 만나고, 그 속에서 자신만의 특별한 의미를 찾아가시길 바랍니다. 진심으로 응원하며, 늘 행복한 필사 시간이 되길 기원합니다.[118]

---

118) 좋은 이야기는 편지처럼 독자에게 들려주는 글이다. 이 글을 독자에게 들려주는 편지글이 아닌 설득이나 설명글로 표현하면 아래와 같이 딱딱하고 정서가 부족한 글이 된다.

동화의 아름다운 문장들을 따라 적어가며, 어릴 적 꿈꾸던 마법 같은 세계로 다시 한번 빠져들 수 있다. 필사를 통해 얻은 위로와 영감이 일상에 긍정적인 영향을 미친다. 필사가 마음을 가다듬고 생각을 정리하는 시간이 될 수 있다. 동화 속 주인공들의 모험과 성장을 따라가며, 독자 자신도 새로운 용기와 희망을 발견할 수 있다. 아름다운 습관을 통해 더 많은 이야기들과 만나고, 그 속에서 자신만의 특별한 의미를 찾아가길 응원한다.

*생각 팁 : 나의 문장력을 높이는 실전 연습을 생각해 보세요.

Date / /

문장력의 7가지 요소

2. 좋은 문장은 말하는 듯이 표현되어야 독자에게 생명력을 불어넣습니다.
말하듯이 예시로 "그는 주인인 양 자신 있게 말했다."를 "그가 무슨 주인이라고 그렇게 말했는지 모르겠다"로 표현합니다.

3. 쉬운 문장은 1형식[119]이나 3형식[120] 이내로 짧게 표현되어야 독자들에게 쉽게 읽힙니다. 주어를 생략하고 목적어와 서술어로겹문이나 중문으로 표현하면 세밀한 행동 묘사가 좋아진다.[121]

4. 단락 문장은 앞 문장의 단어를 뒤 문장의 주어로 사용하여 문장들을 연결합니다.
"구름이 둥둥 떠 있다. 구름 속으로 비행기가 사라진다."
"거센 바람이 분다. 그래서 배가 흔들린다."

5. 시적 문장은 접속사를 사용하지 않습니다. 글이 늘어집니다. 대비나 반전의 리듬을 주는 접속사 '그러나'는 예외입니다.
"그녀는 군살을 뺐지만, 살이 안 빠졌다."
"그녀는 군살을 뺐다. 그러나 살이 안 빠졌다."

6. 오감 문장은 의성어와 의태어를 형용사나 부사로 사용하여 독자의 오감을 자극하여 느낌이 좋은 문장을 짓게 합니다.
"가슴이 두근두근 떨리다."
"아이들은 끼리끼리 모여 재잘재잘 웃음꽃을 피웠다."

---

[119] 주어+동사 문장을 말한다.
[120] 주어+동사+보어 혹은 목적어 문장을 말한다.
[121] 그는 시계를 주시하고, 시계를 만지작거린다.

*생각 팁 : 나의 문장력을 높이는 실전 연습을 생각해 보세요.

Date / / /

문장력의 7가지 요소

7. 느낌 문장은 형용사나 부사의 어휘를 찾기 어려울 때는 그 느낌을 인물이나 공간의 분위기로 풀어서 묘사합니다.

"학교 교실에서 끼리끼리 모여 재잘재잘 웃음꽃이 피었다."

위 문장에서 의태어나 의성어 등 마땅한 어휘를 찾기 어려울 때는 아래와 같이 공간과 배경의 분위기를 풀어서 묘사합니다.

햇살이 가득한 교실 안, 창가로부터 들어오는 부드러운 빛이 책상과 의자 위를 따뜻하게 감싸고 있습니다. 교실 뒤쪽 벽에는 학생들이 직접 그린 그림과 포스터들이 가득 붙어 있고, 앞쪽 칠판에는 아침 수업의 흔적이 조금씩 남아 있습니다.

책상들은 네모난 블록처럼 배열되어 있지만, 그 사이사이에서 학생들의 활기찬 에너지가 느껴집니다. 교실 한쪽 구석에서는 몇 명의 학생들이 모여 앉아 있습니다.

그들은 서로의 얼굴을 마주 보며 재잘재잘 이야기를 나누고, 가끔씩 터져 나오는 웃음소리가 교실 전체에 울려 퍼집니다.
그들의 웃음은 마치 봄날의 꽃망울 피는 듯합니다.

*생각 팁 : 나의 공간을 공간과 배경의 분위기로 묘사해 보세요?

Date   /   /   /

문장력 기르는 루틴

1. 하루 한 문장 챌린지[122]
   "그녀의 미소는 마치 봄날의 햇살처럼 따뜻했다."

2. 명작 필사 연습[123]
   헨리 입센의 간결한 문체, 헤밍웨이 서정적인 문체 등.

3. 단어 교체나 문장 확장 게임[124]
   "바람이 불었다."를 "가을의 숨결이 나뭇가지를 스치며 속삭였다."로 단어를 교체하여 문장을 만든다.
   "나는 달렸다."를 확장하여 "나는 숨이 차도록 달렸다." 더 확장하여 "나는 숨이 차도록 달렸고, 땀이 이마를 타고 흘러내렸다."로 문장을 확장한다.

4. 문장 요약 연습[125]
   "나는 어제 친구와 함께 영화를 보러 갔는데, 그 영화는 정말 재미있었다."를 "어제 친구와 재미있는 영화를 봤다."로 문장을 요약한다.

---

[122] 매일 감동적이거나 생동감 있는 문장 하나를 창조하기
[123] 좋아하는 작가의 문체를 따라 써보며 표현 방식을 분석하고 모방하기
[124] 평범한 문장의 단어를 비유나 수식어로 바꾸어 보고, 또한 짧은 문장을 점점 길고 풍부하게 확장해 보기
[125] 긴 문장을 간결하게 요약해 보기

*생각 팁 : 나만의 문장연습을 찾아보세요.

Date   /   /

네 번째 단계
작 가
DAILY WRITING

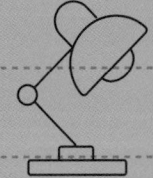
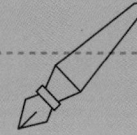

힐링과 문장력을 키우려는 당신이

손으로 읽어야 할 단 한 권의 노트

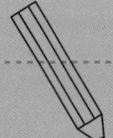
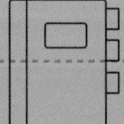

작가[126]는 글을 쓰는 사람으로, 창의적인 사고와 표현력을 바탕으로 독자에게 감동이나 교훈을 전달합니다. 문학 작품뿐만 아니라 영화, 드라마, 만화 등 다양한 매체에서 이야기를 창작하는 사람도 작가로 불립니다.

작가는 자신의 경험, 상상력, 연구를 바탕으로 독창적인 작품을 만들어냅니다. 소설가, 시인, 극작가, 수필가, 동화 작가 등이 이에 해당합니다. 작가는 단순히 글을 쓰는 사람을 넘어, 사회와 문화에 영향을 미치는 이야기를 창조하는 예술가이자 사상가로도 볼 수 있습니다.

---

126) 사전적 의미는 문학, 예술, 학문 등의 분야에서 창작 활동을 하는 사람. 특히 소설, 시, 희곡, 수필 등의 문학 작품을 창작하는 사람을 가리킨다. 관련 용어로 창작(새로운 것을 만들어내는 행위), 저술(책이나 글을 쓰는 행위), 필자(특정 글을 쓴 사람) 등이 있다.

창작 루틴의 13가지 팁[127]
Routine and Tips

1. 매일 정해진 시간에 글쓰기
어니스트 헤밍웨이는 아침 6시부터 정오까지 글을 썼다고 합니다. 아침은 정신이 맑고 방해받기 쉬운 일상 업무 전이기 때문에 창작에 집중하기 좋습니다.

2. 하루 목표량 설정하기
스티븐 킹 작가는 하루에 2,000 단어를 쓰는 것을 목표로 삼았습니다. 목표량을 설정하면 동기부여가 되고, 꾸준히 글을 쓸 수 있습니다.

3. 글쓰기 전 준비 운동
마르셀 프루스트는 글쓰기 전에 차를 마시며 명상하는 시간을 가졌습니다. 글쓰기 전에 마음을 정리하면 창의적인 아이디어가 더 잘 떠오릅니다. 짧은 독서, 명상, 산책, 음악 감상 등으로 마음을 가다듬기 좋습니다.

4. 글쓰기 공간 만들기
버지니아 울프는 자신만의 서재를 만들어 글을 썼습니다. 특정 공간에서 글을 쓰면 루틴이 형성되고, 집중력이 높아집니다. 조용하고 편안한 공간을 마련해 글쓰기에만 집중할 수 있는 환경을 조성합니다.

---

127) 작가는 각자의 성격과 생활 습관에 따라 창작 습관이 다르지만, 유명한 작가들이 창조성을 극대화하고 꾸준히 글을 쓰는 창작 루틴 13가지를 소개

187

창작 루틴의 13가지 팁
Routine and Tips

5. 자유롭게 초고[128] 쓰기
J.K. 롤링은 초고를 쓸 때 완벽함을 추구하지 않고 일단 써 내려가는 방식을 사용했습니다. 완벽주의를 버리고 글을 써나가는 과정에서 아이디어가 더 풍부해집니다.

6. 정기적인 휴식과 재충전
하루키는 글쓰기 중간에 달리며 에너지를 재충전했습니다. 지속적인 집중으로 인한 피로를 방지하고, 새로운 아이디어를 얻을 수 있습니다. 글쓰기 중간에 산책, 요가 등으로 몸과 마음을 재충전합니다.

7. 독서와 영감 수집
레오 톨스토이는 다양한 책을 읽으며 아이디어를 수집했습니다. 다른 작가의 스타일과 아이디어에서 영감을 얻을 수 있습니다. 매일 책을 읽거나 영화, 미술, 음악 등 다양한 예술 작품을 감상합니다.

8. 피드백 받기
객관적인 시각을 통해 글의 완성도를 높일 수 있습니다. 동료 작가나 친구에게 글을 보여주고 피드백을 받습니다.

---

128) 초벌로 쓴 원고

*생각 팁 : 나만의 작가의 루틴과 팁을 생각하세요.

Date / / /

창작 루틴의 13가지 팁
Routine and Tips

9. 끊임없이 기록하기
잊히기 쉬운 아이디어를 메모장이나 노트에 기록하고, 나중에 글쓰기에 활용할 수 있습니다.

10. 끝까지 완성하기
미완성 작품을 완성함으로써 성취감을 느끼고, 다음 작품을 위한 동기부여가 됩니다. 한번 시작한 글은 완성할 때까지 포기하지 않습니다.

11. 자기 반성과 수정
조지 오웰은 글을 여러 번 수정하며 완성도를 높였습니다. 시간을 두고 다시 읽으면 새로운 관점에서 글을 볼 수 있습니다.

12. 규칙적인 습관 유지
하루키는 매일 같은 시간에 글을 쓰고, 같은 시간에 운동하며 규칙적인 생활을 유지했습니다. 규칙적인 습관은 창작을 자연스럽게 만듭니다.

13. 실패를 두려워하지 않기
제임스 조이스는 실험적인 글쓰기를 통해 독창적인 작품을 창조했습니다. 실패를 통해 새로운 스타일과 아이디어를 발견할 수 있습니다.

Date   /   /

태도와 마음에 대한 명언

알베르 카뮈[129]
"창작은 삶을 견디는 한 방법이다."

레오 톨스토이[130]
"진정한 작가는 자신의 영혼을 불태우며 다른 이들의 마음을 밝힌다."

어니스트 헤밍웨이[131]
"쓰기는 단순히 삶을 기록하는 것이 아니다. 쓰기는 삶 그 자체다."

프란츠 카프카[132]
"책은 우리 내면의 얼어붙은 바다를 깨는 도끼여야 한다."

---

129) 알베르 카뮈 Albert Camus 소설가. 이 문장은 작가가 삶의 고통을 창작으로 승화시키는 과정을 담고 있다.
130) 레오 톨스토이 Leo Tolstoy, Lev Nikolayevich Tolstoy소설가, 사상가. 이 문장은 작가의 헌신과 열정을 강조하며, 작가로서의 사명감을 느끼게 한다.
131) 어니스트 헤밍웨이 Ernest Hemingway, Ernest Miller Hemingway소설가. 이 문장은 작가의 삶과 창작이 분리될 수 없음을 보여준다.
132) 프란츠 카프카 Franz Kafka소설가. 이문장은 작가의 글쓰기가 독자에게 깊은 영향을 미칠 수 있음을 상징한다.

*생각 팁 : 작가로서 자세를 다잡는 데 중요한 단어는?

태도와 마음에 대한 명언

버지니아 울프[133]
"글을 쓰는 것은 누군가의 영혼을 드러내는 일이다."

윌리엄 포크너[134]
"인간의 마음을 움직이는 것은 진실뿐이다."

토니 모리슨[135]
"만약 당신이 읽고 싶은 책이 없다면, 그것을 쓰는 사람이 되어라."

알렉상드르 뒤마[136]
"글쓰기는 영혼의 숨결이다."

루이제 린저 루이제 린저[137]
"글을 쓰는 것은 자신의 영혼을 드러내는 용기다."

---

133) 버지니아 울프 Virginia Woolf, Adeline Virginia Woolf 소설가. 이 문장은 작가의 내면을 탐구하고 표현하는 과정을 담고 있다.
134) 윌리엄 포크너 William Faulkner, William Cuthbert Faulkner 작가. 이 문장은 작가의 진실성과 사명감을 강조하며, 작가로서의 책임감을 느끼게 한다.
135) 토니 모리슨 Toni Morrison 소설가. 이 문장은 창작의 동기와 열정을 불러일으키는 강력한 메시지를 담고 있다.
136) 알렉상드르 뒤마 Alexandre Dumas 작가, 소설가. 이문장은 이 짧지만 강렬한 문장은 작가의 내면과 창작의 본질을 담고 있다.
137) 루이제 린저 Luise Rinser 소설가. 이 문장은 작가의 진실성과 용기를 강조하며, 필사하며 마음을 다잡기에 좋다.

*생각 팁 : 작가로서 태도를 잡는 데 중요한 단어는?

태도와 마음에 대한 명언

알베르 아인슈타인[138]
"상상력은 지식보다 중요하다. 지식은 제한되어 있지만, 상상력은 세상을 포괄한다."

마르셀 프루스트[139]
"진정한 발견의 항해는 새로운 풍경을 찾는 것이 아니라 새로운 눈을 갖는 것이다."

조지 오웰[140]
"좋은 글은 창문과 같다."

알폰스 도데[141]
"글쓰기는 마음의 피가 되어야 한다."

루이스 캐럴[142]
"글을 쓰는 것은 꿈을 꾸는 것과 같다. 단지 깨어 있는 상태에서 이루어질 뿐이다."

---

138) 알버트 아인슈타인 Albert Einstein 물리학자. 이 문장은 창작의 무한한 가능성을 상징하며, 작가의 상상력을 강조한다.
139) 마르셀 프루스트 Marcel Proust 소설가. 이 문장은 작가의 관점과 창의적인 시각의 중요성을 강조한다.
140) 조지 오웰 George Orwell, Eric Arthur Blair 소설가. 이 문장은 간결하면서도 강렬한 이 문장은 글쓰기의 투명성과 진실성을 상징한다.
141) 알폰스 도데 Alphonse Daudet 소설가. 이 문장은 작가의 진정성과 열정을 표현하며, 필사하며 마음을 다잡기에 적합하다.
142) 루이스 캐럴 Lewis Carrol, Charles Lutwidge Dodgson 동화작가, 수학자. 이 문장은 창작의 자유와 상상력을 강조하며, 필사하며 영감을 얻기에 좋다.

*생각 팁: 마음을 가다듬고, 창작에 대한 열정을 느껴보세요.

태도와 마음에 대한 명언

작가 헬렌 켈러[145]의 자서전《내 인생 이야기》中

"내가 세상을 볼 수 없게 되었을 때, 내 마음속에서는 그 빛이 꺼지지 않았다.
나는 어둠 속에서도 세상의 아름다움을 상상하며, 밝은 미래를 꿈꾸었다. 나의 열정과 끈기는 어떤 장애물도 나를 멈추게 할 수 없었다."

"운명은 나에게 가혹했지만, 그 속에서도 나는 희망을 잃지 않았다. 나는 단지 살아남는 것이 아니라, 나의 삶을 가치 있게 만드는 방법을 찾았다.
사랑과 지식에 대한 갈망은 나를 계속 앞으로 나아가게 했다."

"내가 배운 가장 큰 메시지는, 우리가 가진 것에 감사하는 마음과 그것을 나눌 수 있는 기쁨을 아는 것이다. 가장 어두운 순간에도, 나는 다른 사람들에게 나의 사랑과 희망을 전하고자 했다.
이것이야말로 진정한 의미의 행복이다."

---

145) 헬렌 켈러 Helen Keller, Helen Adams Keller 사회사업가

*생각 팁 : 헬렌 켈러처럼 강한 의지와 삶에 대한 긍정적인 태도를 생각해 보세요.

Date / / / 199

작가의 자연과 인간에 대한 질문과 답변[143]

소설가 레오 톨스토이는 "사람은 무엇으로 사는가"에서 삶에 대한 깊은 인상을 남긴 글입니다.

"사람이 무엇으로 사는가를 알기 위해,
그는 아침마다 힘겹게 눈을 떠 일을 시작한다.

하지만 그의 마음에는 따뜻한 사랑과 희생정신이 깃들어
있어, 그는 매번 힘들지만 보람[144]을 느낀다.

그가 하루를 마칠 때마다,
그는 자신이 행복할 수 있다는 것을 깨닫는다.
누구를 위해서,
무엇을 위해서 살아가는지 비로소 알게 된다."

---

143) 글을 쓰는 작가라면 한 번쯤 생각하고 답해야 할 자연과 인간에 대한 질문을 생각하는 것이다. 어려운 질문이지만 쉽게 생각하면 간단하게 답할 수도 있다. 5분쯤 생각하고 안 떠오르면 주변 사람들이나 AI에게 물어봐 답해도 좋다. 우리는 언제나 그래왔듯이 문제를 생각하고 답을 찾아왔기 때문이다.

144) 어떤 일을 한 뒤에 얻어지는 좋은 결과나 만족감. 또는 자랑스러움이나 자부심을 갖게 해 주는 일의 가치.

*생각 팁 : 나는 누구를 위해 살아가고 그것이 얼마나 중요한가?

Date / / / 201

작가의 자연과 인간에 대한 질문1 :
왜 자연은 밤과 낮이, 겨울과 여름이 있을까?

사람이 해의 빛과 달의 어둠을 동시에 경험할 수 있도록 밤과 낮이 있습니다. 일생을 밤하늘만 보며 살아가면 어둠과 빛을 구분하지 못해 아무것도 볼 수 없게 되고, 일생을 밝은 하늘만 보며 살아가면 눈이 멀어 버려 아무것도 볼 수 없습니다. 세상은 우리가 더 넓은 곳을 볼 수 있도록 낮과 밤을 만들었습니다.

우리가 더 많은 것들을 볼 수 있도록 겨울과 여름이 있습니다. 저희는 겨울에는 눈꽃을 보고, 여름에는 해바라기를 볼 수 있습니다. 여름에는 더위를 겪고 오래 저희를 비추어 주는 해를 감상할 수 있으며, 겨울에는 추위를 겪고 일찍 얼굴을 비추는 달을 감상할 수 있습니다. 세상에 여름과 겨울이 있는 것은 더 다양한 경험을 위해서입니다.

*생각 팁 : 지구 공전, 자연과 인간에 대한 문학적 생각을 써보세요.

작가의 자연과 인간에 대한 질문2 :
지구에는 왜 이렇게 많은 종류의 동물이 있을까?

동물들은 각기 다른 환경에서 태어나며, 살아가는 방식 역시 저마다 다르다. 물속에서 사는 생물과 습지에서 사는 생물, 사막에서 사는 생물과 정글에서 사는 생물의 살아가는 방식에는 큰 차이가 있다. 사는 데 도움이 되는 특성은 자주 사용하면서 세대를 거쳐가며 점점 발달하고 사용하지 않는 특성은 점차 사라져간다. 그래서 서식지에 따라 동물들은 다양한 차이를 가지게 되었다.

똑같은 사람도 자신을 치장하고 뽐내려 노력하는 것처럼, 동물들도 사는 곳에 생존하고 이성에게 아름다워 보이기 위해 몸을 바꾸거나 새로운 기관을 만드는 일에 노력한다. 동물들이 아이를 낳고, 또 그 아이가 자라나 새로운 아이를 낳게 되어 조금씩 모습을 바꾸어 간 동물들이 여럿 생겼고, 이로 인해 다양한 종이 생겨난다.

*생각 팁 : 자연과 동물에 대한 나의 관찰 태도를 생각해 보세요.

작가의 자연과 인간에 대한 질문3 :
인간은 왜 이야기하는가?

사람은 말 주머니 기관으로 말하는 동물이다. 인간은 그림으로 시작해 언어와 문자를 만들었고, 지역마다 사용하는 언어와 발음이 다르다. 인간은 미움을 받지 않기 위해 끝없이 말을 한다. 몸짓과 손짓하는 일만으로는 서로의 마음을 정확히 알 수 없으니 오해로 인한 불화가 생기는 일이 잦았다. 고대 그리스의 철학자, 아리스토텔레스는 인간은 관계를 유지하고 함께 어울림으로써 자신을 확인하는 사회적 동물이라고 했다. 사람들끼리 이야기하고픈 마음이 태어날 때부터 있었을까?

친구를 만들기 위해서...
즐거움을 얻기 위해서...
내 생각과 다른 사람의 생각을 비교해 더 좋은 해답을 얻기 위해...
내 의견을 다른 사람에게 알리기 위해서...
관심을 받기 위해서...
서로 소통을 해야 갈등이 없기에...

*생각 팁 : 인간이 왜 이야기하는가를 써보세요.

Date / / /

작가의 자연과 인간에 대한 질문4 :
일상생활에서 나의 삶의 기준은 ?

내가 만든 규칙 안에서는 자유롭다. 내가 좋아하는 것들을 거침없이 해보고 즐겁게 즐길 수 있는 카르페 디엠(Carpe diem)[146] 삶을 살고 싶다. 내가 현재 느끼는 행복을 삶의 기준으로 삼아 살아간다. 지금 느끼는 즐거움이 없으면 자연스럽게 지치지만, 눈이 오거나 친구와 친해지는 등의 사소한 행동들로 저는 행복을 느낀다.

오늘 하루를 소중히 하며 다시 오지 않을 순간순간들을 기억하며 세렌디피(serendipity)[147] 삶을 살고 싶다. 자기 자신을 사랑할 줄 알아야 다른 사람들도 사랑하고 품어줄 수 있는 것 같다. 긍정적이고 밝은 모습으로 사람들에게 힘을 주는 나에게도, 남한테도 소중하고, 소중했고, 소중할 사람이 되고 싶다. 제가 어렵고 힘든 일상에도 성실하게 하루를 보낼 수 있다면, 성실히 쌓아둔 일이 과거가 되어 행복한 미래의 발판이 되어줄 킵캄앤캐리온(Keep Calm and Carry on)[148] 삶을 살고 싶다.

---

146) 카르페 디엠(Carpe diem) 삶 : 호라티우스의 라틴어 시 한 구절로부터 유래된다. 이 명언은 "지금 살고 있는 현재, 이 순간에 충실하라."로 번역된다.
147) 세렌디피(serendipity) 삶 : 성실히 살면서 우연히 만난 결과나 성과를 말한다.
148) 2차 세계대전 때 영국의 총리였던 윈스턴 처칠이 전쟁에 불안해하는 국민들을 위한 대국민 연설에서 했던 말로, 총성이 울리는 전쟁 속에서도 평정심을 잃지 말고 하루를 살아가라는 의미이다.

*생각 팁 : 현재를 즐기는 삶의 태도에 대해 비판해 보세요.

Date   /   /   /   209

작가의 자연과 인간에 대한 질문5 :
신과 인간의 희로애락[149], 인생은 연극인가?

사람이 살아가는데 신 혹은 자연에 거스를 수 없는 섭리가 있을 수 있으나 그 끝이 예정되어 있다면 우리가 살아가면서 기울이는 노력, 성공과 실패, 기쁨과 슬픔이 무슨 의미가 있는가? 인간의 삶이 예정된 것처럼 보일 수 있어도 연극이 아니며, 각자의 의지와 선택에 따라 얼마든지 주인공이 될 수 있고, 결말 역시 달라질 수 있다고 생각한다.

인생은 연극이다. 우리는 연극처럼 다양한 감정을 느끼고, 사건을 경험한다. 관객들이 연극을 관람하며 배우들의 감정을 느끼고 자신이 그 배역이 되어 그 느낌을 받는다. 그래서 우리는 주위 사람들의 감정을 느끼고 서로 나눈다.

 인생은 연극이 아니다. 연극은 사건을 중심으로 배역과 정해진 결말이 있다. 하지만 인간의 삶은 정해진 길이 없으며 모든 사건을 예측하고 막을 수 없기 때문이다.

---

149) 기쁨과 노여움과 슬픔과 즐거움을 아울러 이르는 말.

*생각 팁 : 나의 일상에서 신이 있다고 생각하세요.

작가의 자연과 인간에 대한 질문6 :
인간은 먹고, 마시고, 느끼고, 움직이는 영혼인가?

인간은 먹고, 마시고, 느끼고, 움직이는 영혼이라고 볼 수도 있지만, 무엇보다 생각하며 살아가는 존재이다. 우리는 때로는 멍때리기도 하고, 길을 걷다가 상상에 빠지기도 하며, 숙제하면서도 문제를 고민하고 스스로와 소통하려고 한다. 인간은 상상하고, 생각하며, 다양한 감정을 느끼고, 자기 자신과 소통하는 방법을 아는 영혼이라고 할 수 있다.

사람은 수많은 감정을 느끼고, 그에 대해 생각하며, 일상과 미래를 고민한다. 생각한다는 것은 뇌가 활동하는 것이므로, 인간은 단순한 영혼이 아니라 움직이며 변화하는 생명체다. 인간을 단순히 먹고 마시는 존재로 규정할 수 없는 이유는, 인간이 동물과 달리 더 나은 삶을 위해 끊임없이 질문하고, 방법을 찾으며, 문제를 해결하는 존재이기 때문이다.

인간의 몸속에는 영혼이 깃들어 있다고 생각한다. 몸은 영혼을 담는 그릇이며, 겉모습보다 몸 안에 담긴 영혼이 더 소중하다고 느껴진다. 그래서 내 영혼이 원하는 대로 먹고, 마시고, 느끼며 움직인다고 생각한다.

나만의 정의를 내린다면, 인간은 질문하고, 답을 찾으며, 성장하는 영혼이라고 할 수 있다.

*생각 팁 : 먹는 것보다 영혼이 먼저인가?

Date / / /

작가의 자연과 인간에 대한 질문7 :
사랑은 하늘에서 난 것인가? 땅에서 난 것인가?

나는 사랑이 하늘에서 난 것이다. 좋아하는 사람과 함께할 때 마치 하늘을 나는 듯한 기분이 든다는 표현이 있듯이, 사랑은 눈에 보이지 않지만, 우리가 살아가는 현실을 몇 배나 아름답게 만들어준다. 그래서 사랑이 식었을 때, 하늘 높이 떠 있던 사랑이 땅으로 추락하는 공포와 아픔을 경험하게 된다. 하지만 역경 속에서도 사랑을 계속 키워나가면, 사랑은 점점 하늘 위로 올라가 어둠 속에서도 밝게 빛나는 별이 될 것이다.

사랑은 땅에서 난 것이다. 사람은 땅에서 태어나고, 식물과 동물도 땅에서 자란다. 사람들은 땅, 식물, 동물, 그리고 흙과 모래로 이루어진 생명들을 통해 사랑을 느낀다. 사랑을 느끼는 사람의 뇌와, 사랑을 받는 존재들 또한 모두 땅에서 비롯되었기 때문에, 사랑 역시 땅에서 난 것이라고 할 수 있다.

나는 사랑이 일상에서 난 것이다. 이 세계의 모든 생명은 사랑을 통해 다양한 감정을 경험한다. 사랑하는 사람을 잃었을 때 느끼는 격한 분노와 슬픔, 또는 좋아하는 책을 읽을 때 느끼는 설렘과 기쁨도 사랑의 한 형태다. 결국, 사랑은 우리의 일상 속에서 자연스럽게 피어나는 감정이다.

*생각 팁 : 사랑하는 대상을 하늘로 묘사해 보세요.

Date / / /

215

편집 후기
작가·작품 소개
DAILY WRITING

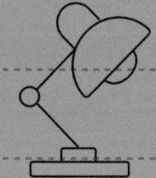
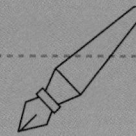

힐링과 문장력을 키우려는 당신이

손으로 읽어야 할 단 한 권의 노트

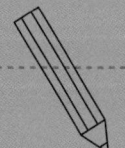
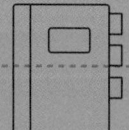

작가와 작품 소개

이솝 우화

이솝(Aesop)은 고대 그리스의 전설적인 이야기꾼으로, 동물을 의인화한 짧은 우화를 통해 인간 사회의 교훈을 전한 인물이다. 그의 정확한 출생과 생애는 역사적 기록이 부족해 신비에 싸여 있지만, 기원전 6세기경 그리스나 소아시아(현재의 터키) 지역에서 활동한 것으로 추정된다. 그의 이야기는 원래 구전으로 전해지다가 후대에 문헌으로 정리되었다.

이솝우화 특징은 동물, 식물, 자연물 등을 등장시켜 인간의 욕심, 어리석음, 도덕적 교훈을 풍자한다. 단순한 이야기 구조 속에서도 강렬한 메시지를 담고 있어 어린이부터 성인까지 폭넓게 공감할 수 있다. 복잡한 진리를 단순한 비유로 전달하는 힘이 있으며, 노예 출신의 소외된 인물이 당대 권력자를 풍자했다는 점에서도 주목받는다.

그의 이름은 오늘날까지도 교훈적 스토리텔링의 상징으로 남아 있다. 《토끼와 거북이》, 《개미와 베짱이》, 《여우와 포도》, 《양치기 소년》 등 총 300편 이상의 우화가 전해지고 있으며, 많은 작품이 널리 알려져 있다.

이 책에 수록된 이솝 우화는 영국의 번역가 조지 플라이어 타운센드(George Fyler Townsend, 1814~1900)가 그리스 원문을 영어로 번역해 1867년에 출간한 영역본(312편의 우화)을 우리말로 번역한 것이다.

조셉 제이콥스 《아기 돼지 삼형제》

"아기 돼지 삼형제(The Three Little Pigs)"는 전통적인 민담으로, 특정한 작가가 정해져 있지 않다. 이 이야기는 오랫동안 구전으로 전해져 내려오다가 19세기에 여러 판본으로 기록되었다. 가장 유명한 버전 중 하나는 영국의 민속학자 조셉 제이콥스 Joseph Jacobs가 1890년에 출간한 《English Fairy Tales》에 수록된 것이다. 1933년 월트 디즈니 애니메이션 스튜디오가 제작한 단편 애니메이션 영화 '아기돼지 3형제'로 유명해졌다. 이 노트에서는 이 영문 판본을 번역하여 각색하였다.

그림 형제 《라푼젤》 《신데렐라》

독일 문학자이자 언어학자인 그림 형제(형:야콥 그림(Jacob Grimm, 1785~1863), 동생: 빌헬름 그림(Wilhelm Grimm 1786~1859)는 1807년부터 민담을 수집하였다. 대부분 독일 여러 지역에서 전해오던 민담 설화로 전해온 이야기를 《어린이와 가정을 위한 동화집》3권에 수록했다. 유럽에서 가장 널리 알려진 동화 작가로 백설공주, 잠자는 숲 속의 미녀, 라푼젤, 헨젤과 그레텔, 개구리 왕자, 브레멘 음악대 등 유명한 작품들이 있다.

이 노트는 독일 동화작가 그림 형제 동화집을 영국의 소설가이자 번역가인 마가렛 헌트 Margaret Hunt의 그림 동화 영어번역본(1884년) 『Household Tales by Brothers Grimm by Jacob Grimm and Wilhelm Grimm Translated by Margaret Hunt』에서 우리말로 번역하여 정리한 것이다.

애니메이션 《백설공주와 일곱 난쟁이》

디즈니의 《백설공주와 일곱 난쟁이》(Snow White and the Seven Dwarfs)는 1937년에 개봉한 첫 번째 장편 애니메이션 영화로, 그림 형제의 동화 《백설공주》를 원작으로 한다. 디즈니의 《백설공주와 일곱 난쟁이》 대본은 저작권으로 보호되고 있지만, 영화의 주요 장면과 대사를 요약하거나 유명한 대사를 일부 소개할 수 있다. 이 책에서는 1937년에 개봉한 디즈니 영화 《백설공주》의 주요 장면과 유명한 대사를 정리했다.

안데르센 동화 《미운 오리 새끼》《인어공주》《성냥팔이 소녀》

한스 크리스티안 안데르센(Hans Christian Andersen, 1805~1875)은 덴마크를 대표하는 동화 작가로 널리 알려져 있다.

그의 동화는 총 9권, 156편에 걸쳐 수록되어 있으며, 대표작으로 《즉흥시인》, 《벌거벗은 임금님》, 《빨간 구두》, 《꿋꿋한 주석 병정》, 《성냥팔이 소녀》, 《미운 오리 새끼》, 《인어공주》, 《엄지공주》, 《눈의 여왕》, 《공주와 완두콩》, 《돼지치기 왕자》, 《야생의 백조》 등이 있다.

이 노트는 안데르센 동화집을 제니 H. 스티크니(Jenny H. Stickney)가 편집한 《Hans Andersen's Fairy Tales》(1914년, The Athenæum Press, GINN AND COMPANY, Boston, U.S.A.)에서 발췌하여 우리말로 번역한 것이다.

염상섭《표본실의 청개구리》

염상섭(1897~1963)은 1920년 단편소설《표본실의 청개구리》로 문단에 등단했다. 그는 한국 문학에 사실주의를 도입한 선구자로, 당대 사회의 문제를 날카롭게 비판하고 인간의 내면을 깊이 탐구했다. 그의 장편소설로는 일제 강점기 한 가족의 세대 간 갈등과 사회적 변화를 그린《삼대》(1931), 일제 강점기의 지식인과 민중의 삶을 사실적으로 묘사한《만세전》(1924), 경제적 어려움과 인간의 도덕적 갈등을 다룬《두 파산》(1931) 등이 있다.

윤동주 수필《달을 쏘다》

윤동주(1917~1945)는 일제강점기의 독립운동가, 시인, 작가이다. 명동학교에서 수학하였고, 평양숭실중학교와 서울 연희전문학교를 졸업하였다. 연희전문학교 2학년 재학 중 소년지에 시를 발표하며 정식으로 문단에 등단했다. 일본에 건너가 1942년 교토 도시샤 대학에 입학하였다. 1943년 항일운동을 했다는 혐의로 일본 경찰에 체포되어 서대문형무소에 투옥, 100여 편의 시를 남기고 27세의 나이에 옥중에서 요절하였다. 연희전문학교에서 공부할 때《달을 쏘다》수필은 1938년 쓴 학교 생활을 소재로 한 산문이다.

현진건《운수 좋은 날》

현진건(1900~1943)은 한국 현대 문학을 대표하는 작가로, 사실주의 문학의 선구자로 평가된다. 단편소설《운수 좋은 날》은 가난과 절망 속에서도 삶을 이어가는 소시민의 비극을 잘 보여주는 걸작으로 꼽힌다. 1920년대 초반 단편소설《타락자》로 문단에 데뷔했으며, 대표작으로는《운수 좋은 날》,《B사감과 러브레터》,《고향》등이 있다. 그의 작품은 일제 강점기의 서민 생활과 사회적 모순을 날카롭게 묘사하며, 인간의 내면과 현실을 깊이 있게 탐구했다.

김유정 《동백꽃》

　김유정(1908~1937)의 《동백꽃》은 1936년에 발표된 단편소설로, 한국 문학사에서 중요한 작품 중 하나다. 이 소설은 강원도 춘천을 배경으로, 순박한 시골 청년과 그의 사랑 이야기를 그린다. 주인공인 '점순이'와 '나'의 순수한 사랑과 그 속에서 벌어지는 소소한 에피소드들이 유쾌하면서도 감동적으로 그려져 있다. 특히, 김유정 특유의 해학적이고 서정적인 문체가 돋보이는 작품이다.

　유명한 작품으로는 《금 따는 콩밭》, 《봄·봄》, 《동백꽃》, 《만무방》, 《소낙비》 등이 있다. 그의 작품에는 해학적 요소가 많고, 영서 방언과 아름다운 순우리말이 잘 사용된다. 《동백꽃》에서 점순이가 말한 "느그 아버지가 고자라지?" 같은 표현도 그 특징을 잘 보여준다. 이는 동편제 판소리꾼 박녹주의 영향을 받은 것으로 보인다. 생전 김유정은 박녹주의 주요 레퍼토리였던 《흥보가》와 《춘향가》 대사를 외울 정도로 즐겨 들었다고 한다. 또한, 그의 단편 속 등장인물들은 대부분 실존 인물을 바탕으로 만들어졌으며, 배경도 대부분 그의 고향 마을이다.

작가의 자연과 인간에 대한 질문과 답변

　이 노트의 질문과 답변은 편저자가 서울시교육청 대학부설 소속 2023~2024학년도 전통문화재단영재교육원 문예창작영재 학생들과 함께한 '작가란 무엇인가?' 수업에서 작가의 자연과 인간에 대해 나눈 질문과 답변을 요약한 것이다.

편저자 후기

매일 나의 힐링을 위한 필사 노트를 출간하며

  좋은 문장은 작가를 꿈꾸는 이들에게 탄탄한 필력과 새로운 아이디어를 제공합니다. 그동안 학교나 영재교육원에서 검증된 명작 동화와 단편소설을 텍스트로 실어, 필사하기 좋은 단락과 문장들로 구성하였습니다.

  명문장의 필사는 단순한 모방을 넘어, 자신만의 잠재된 필력을 발견하고 진정한 창작 능력을 키우는 과정이 됩니다. 좋은 스승이 훌륭한 제자를 길러내듯, 좋은 문장은 또 다른 좋은 문장을 탄생시킵니다.

  이 노트는 필사를 처음 시작하는 분들이나 문장력을 기르고자 하는 청소년과 성인을 위해 만들어졌으며, 명작 동화와 소설에서 발췌한 명문에 섬세한 작품 이해와 문장 설명을 담아 필사 과정에 도움이 되도록 하였습니다.

  우화 편에 실린 이솝 우화 10편은 짧고 간결한 문장이 많아 필사 연습을 부담 없이 반복하기에 좋습니다. 필사하면서 자연스럽게 일상에서 의미를 되새기며 손글씨 연습을 시작하시길 바랍니다. 원하는 문장을 골라 필사하다 보면 글씨 연습뿐만 아니라 작품이 전하는 교훈도 함께 익힐 수 있습니다. 또한, 다양한 서체로 표현하다 보면 창작의 역동성을 경험할 수 있으며, 표현력 향상에도 도움이 됩니다.

  동화 편에는 그림 형제, 조지프 제이콥스, 안데르센 등 고전 동화 작가들의 대표적인 명작 7편을 수록하여 이야기의 구조와 패턴, 문장을 자연스럽게 익힐 수 있도록 구성하였습니다.

또한, 국내 작가 염상섭, 윤동주, 현진건, 김유정 등의 명작 단편 소설과 수필 4편에서 자연과 인간, 사랑과 욕망을 주제로 한 짧고 함축적인 문장, 아름다운 묘사, 교훈적인 내용, 감동적인 대사, 상징적인 표현 등 필사하기 좋은 단락을 선별하였습니다. 독자 여러분께서는 필사할 때 각 문장이 지닌 감정과 리듬에 집중하며, 책의 맥락을 떠올리면서 필사하다 보면 글씨 속에 이야기가 스며들고 마음에 와닿는 문장을 발견할 수 있을 것입니다.

이 필사 노트는 전통문화재단영재교육원 문화예술영재 청소년 작가 양성 과정에서 문장력을 기르는 교재로 활용되고 있으며, 자녀나 학생의 문장력을 키우고자 하는 부모님과 교사뿐만 아니라, 필사를 처음 시작하는 성인이나 작가를 꿈꾸는 분들에게도 유용한 교육 노트입니다. 《매일 나의 힐링을 위한 필사 노트: 명작 동화소설 기초편》가 독자 여러분의 문장력 향상과 힐링에 조금이나마 도움이 되기를 바랍니다.

아낌없는 성원을 보내 주신 유영대 고려대 한국학과 명예교수님과 김선두 중앙대 예술대 명예교수님 그리고 가나안디앤피출판사 변성식 사장님께 감사드립니다.

2025. 1. 30.

편저자 박 민 호